読者のみなさま

ハーレクイン・ディザイアの1700号記念に関わることができ、大変光栄に思っています。みなさまもご存じのとおり、2001年に私はジョージア州アトランタから飛行機に乗って、みなさまの住む美しい国へと旅をしました。大阪で多くの時間を過ごし、新鮮なうなぎを食べ、日本の方々の素晴らしいホスピタリティを堪能しました。大阪で読者のみなさまにお会いしたときの思い出は、一生心に残るでしょう。これほど歓迎され、大切にしてもらったことは今までありません。サイン会に来てくださった方々の写真は、すべてオフィスに飾っています。

大阪のあとは、旅の同行者、親友アンと息子のブレインとともに新幹線で京都へ向かいました。1600年代に造られたお城や竹林をめぐり、禅庭園があるお寺を訪れることもでき、とても嬉しく思いました。

旅の終わりには東京へ行き、ハーレクイン・ジャパンの方々とラテンのナイトクラブでチャチャチャを踊りました！　とても楽しい夜でした！　ダンスで使った靴は今も大切に持っています。その夜のことも、そして東京のサインパーティに来てくれた、愛らしくて心優しい読者のみなさんも、なんと素敵な思い出なのでしょう。

日本のみなさんのことは、この先も深い愛と尊敬をもって思い出すでしょう。みなさんの優しさと誠実さ、そして深い愛に感謝しています。ハーレクイン・ディザイアの1700号記念、本当におめでとうございます！

たくさんの愛を
ダイアナ・パーマー

Diana Palmer

TEXAS BORN

by Diana Palmer

Published by Harlequin Japan, a Division of K.K. HarperCollins Japan, 2016

彼女が大人になるまで

ダイアナ・パーマー 作

平江まゆみ 訳

ハーレクイン・ディザイア

東京・ロンドン・トロント・パリ・ニューヨーク・アムステルダム
ハンブルク・ストックホルム・ミラノ・シドニー・マドリッド・ワルシャワ
ブダペスト・リオデジャネイロ・ルクセンブルク・フリブール・ムンバイ

主要登場人物

ミシェル・ゴドフリー……………高校生。
アラン・ゴドフリー………………ミシェルの父。故人。
ロバータ……………………………ミシェルの継母。
ガブリエル・ブランドン…………ミシェルの隣人。
サラ・ブランドン…………………ガブリエルの妹。
ウォフォード・パターソン………牧場主。
ジェイク・ブレア…………………牧師。
カーリー……………………………ジェイクの娘。
ミネット・カーソン………………新聞社のオーナー。
キャッシュ・グリヤ………………警察署長。
エブ・スコット……………………テロ対策訓練所の代表。

1

ミシェル・ゴドフリーのジーンズは舗装されていない道の埃《ほこり》にまみれていた。彼女はその埃を肌で感じた。しかし、目で確かめることはできなかった。熱い涙で視界が曇っていたから。また継母のロバータと揉《も》めて、傷ついていたからだ。

ロバータは彼女の父親の遺品をすべて売り払おうとしていた。父親が亡くなってまだ三週間しかたっていないのに。埋葬の際も、簡素な松材の棺《ひつぎ》を希望し、花も礼拝もいらないと言い張った。だから、ミシェルが葬儀業者に直訴したのだった。

故人と親交が深かった葬儀業者は、穏やかな口調でロバータを諭した。「アラン・ゴドフリーはメソジスト教会の墓地に最初の奥さんと並んで埋葬されることを希望していました。コマンチウェルズは小さな町です。よそ者と見なされているあなたがアランの遺志をないがしろにすれば、地元の人々はよく思わないでしょう。あなたが買うことになる怒りの大きさに比べれば、あなたの言う節約プランで浮かせられる金額など微々たるものです。もしこの土地に住みつづけるつもりなら、住民たちを敵に回さないほうがいいですよ」

葬儀業者の言葉にいらだちながらも、ロバータは損得を計算した。確かに、地元民を怒らせるのは得策ではない。夫が飼っていた牛も含めて、彼女には地元で換金したいものが山ほどあるのだから。

ロバータはしぶしぶ譲歩し、葬儀の手配を継娘《ままむすめ》のミシェルに任せた。ただし、そのまま引き下がりはしなかった。葬儀がすむと、彼女は亡き夫の私物をかき集めた。そして、ミシェルが学校へ行っている間に、売り物にならない服や装飾品も含めた一切合切をゴミとして廃棄した。

当然のことながら、ミシェルは泣き崩れた。だが、それも継母の意地悪な笑みを見るまでだった。その時点で彼女は涙を拭い、心に誓った。失ったものは取り戻せない。でも、いつか仕返ししてやるわ。私が大人になったら。ロバータが私の親権者でなくなったら。

葬儀の二週間後、ロバータは継娘が通う教会の牧師ジェイク・ブレアの急襲を受けた。彼は年代物の真っ赤なオープンカーでやってきた。聖職者には不似合いな車かもしれない。だが、ブレア牧師本人も聖職者らしからぬ人物だった。

ミシェルは珍客を招き入れ、コーヒーを勧めた。ロバータも自分の部屋から出てきたが、客の正体に気づいて足を止めた。

ブレア牧師は笑顔でロバータに挨拶した。ミシェルが二週間前から礼拝に来ていないことに触れ、何か問題でもあるのかと問いかけた。ミシェルは答えなかった。ロバータは後ろめたそうな表情になった。そのロバータに向かって、牧師は続けた。「実は妙な噂《うわさ》を耳にしましてね。ミシェルが礼拝に来ないのは、あなたに禁止されたせいだというんですよ」

そう話す間も牧師は笑顔を保っていた。しかし、彼の青い瞳には奇妙な凄《すご》みがあった。ロバータはそのことに気づいた。若い頃、ギャンブラーの父親に連れられて、ラスベガスのカジノを渡り歩いていたからだ。たいていのカジノにはこういう目つきの常連客がいた。鋭い目つきの危険な男たちが。

「もちろん、それが事実だとは思いません」ブレア牧師は続けた。顔に笑みを貼りつけたまま。瞬《まばた》き一つせずに。「根も葉もない噂ですよね？」

「それはあの、もちろん」ロバータはしどろもどろで答え、落ち着かなげに笑った。「いつどこへ行こうと、この子の自由よ」

「あなたも礼拝に来てみませんか？　皆で歓迎しますよ」

「礼拝に？　この私が？」ロバータは吹き出した。「私は教会には行かないわ。そういうことは信じてないの」

ブレア牧師は片方の眉を上げ、含みのある笑みをもらした。「いつかはその考えも変わるかもしれませんね」

「それはないわ」ロバータは言下に否定した。

ブレア牧師はため息をついた。「まあ、いいでしょう。では、ミシェルは日曜日の礼拝に出てもかまわないんですね？　教会までの送迎については、うちの娘のカーリーに任せてください」

ロバータは歯噛《はが》みした。この男にはお見通しなんだわ。ミシェルが車を運転できないことも。私が教会までの送り迎えを拒否したせいで、ミシェルが礼拝に出られなかったことも。まったく、余計なお世話よ。でも、ミシェルを教会にやれば、その間は気兼ねなくバートに会える。「ええ。もちろん、かまいませんとも」

「よかった。ミシェル、これから君はカーリーの車で教会へ行くんだよ。日曜学校に間に合う時間には迎えに来させるからね。それでどうかな？」

ミシェルの顔から曇りが消え、大きな灰色の瞳がきらめいた。彼女は淡いブロンドの髪をしていた。浅黒い肌の継母とは対照的に、肌は白く、しみ一つなかった。

椅子から立ち上がった牧師に、彼女は小さな声で礼を言った。「ありがとうございます」

「どういたしまして」

ミシェルは牧師を見送るために外へ出た。ロバータはついてこなかった。

ブレア牧師はステップのところで振り返り、声をひそめた。「もし助けが必要になったら、私たちに相談するんだよ」

ミシェルはため息をついた。「あと数カ月――高校を卒業するまでの辛抱です。私、サンアントニオの大学に行きたいの。だから、奨学金をもらえるように一生懸命がんばります」

ブレア牧師は首を傾《かし》げた。「何かやりたいことがあるのかね?」

ミシェルの表情が明るくなった。「新聞記者になりたいんです。文章を書くのが好きだから」

ブレア牧師は笑った。「あまり稼げる仕事じゃないね。だったら、ミネット・カーソンに相談してごらん。地元紙のオーナーの」

ミシェルは頬を赤らめた。「実は、もう相談しました。それで、大学へ行って、ジャーナリズムを学ぶように勧められたんです。彼女はとても親切な人ですね」

「ああ。彼女の夫もね」牧師は付け加えた。〝彼女の夫〟ヘイズ・カーソンはジェイコブズ郡の保安官を務めていた。

「保安官のことはよく知らないんですけど、何年か前、学校にイグアナを連れてきましたよ。あれは傑作だったわ」ミシェルは笑った。

ブレア牧師はうなずいた。「じゃあ、また様子を見に来よう。困ったことがあったら、いつでも連絡しなさい」

「そうします。ありがとう」

「君のお父さんは立派な人物だった。病気のせいで数カ月しか勤務できなかったが、このジェイコブズ郡でも指折りの救急医だった。本当に惜しい人を亡くしたよ」

ミシェルは寂しげに微笑した。「医者だけに余計つらかったと思います。自分の病気のことも、この先どうなるかも全部わかっていたわけですから。父は言っていました。〝意地を張らずに、もっと早く検査を受けていれば、手遅れにならずにすんだかもしれない〟と」

「そういう定めだったんだろう。人生で起きることには必ず意味があるんだよ。たとえ我々にその意味が理解できないとしても」

「私もそう思います。今日は本当にありがとうございました」ミシェルはためらいがちに付け加えた。「私が運転できればいいんですけど。病気の父には習えなかったし、ロバータも私に運転を習わせる気はないようです。それに、もし私が運転できたとしても、彼女が車を貸してくれるとは思えません。ロバータは何があろうと早起きをしない人なんです。特に日曜日は。だから、私は教会に行けなかった。本当はものすごく行きたかったんですけど」

「もっと早く相談してほしかったね」ブレア牧師はぴしゃりと言ってから表情を和らげた。「いや、気にしないで。物事には自然の流れというものがある」

ミシェルは牧師の青い瞳を見上げた。「その流れは……いいほうに向かうんでしょうか？」彼女の問いかけには、出口の見えない闇に落ちた者の悲哀が感じられた。

ブレア牧師は長々と息を吸い込んだ。「じきに君は我が身に起きることをもっとコントロールできるようになる。人生は試練だ。我々は茨の道を歩んでいる。しかし、見返りもある。つらいことのあとには必ず喜びが待っている」

「ありがとう」

「彼女に屈してはだめだよ」

「努力します」

「助けが必要な時は遠慮なく私を頼りなさい」ブレア牧師は凄みを利かせるかのように目を細くした。「私は怖いもの知らずの聖職者だからね」

ミシェルは吹き出した。「そうですね。あのロバータでさえ、あなたの前では借りてきた猫みたいだったわ！」

「その程度の分別はあるということだ」ブレア牧師は天使のように微笑した。「では、また」

彼は一段飛ばしでステップを下り、軽快な足取りで自分の車に向かった。そして年代物の車にそぐわないパワフルなエンジンを始動させると、見事なハンドルさばきで道路へ飛び出していった。

さて、これからが大変だわ。ミシェルは覚悟を決めて、家の中へ戻った。

案の定、ロバータは怒りを爆発させた。「あんたがあの男を呼んだのね！　教会みたいなくだらないものには関わるなって言ったのに！」

「私は教会に行くのが好きなの。どうして反対するの？　あなたに迷惑は……」

「あんたが出かけたら、夕食が遅くなるじゃないの。あんたのパパが生きてた頃もそうだったわ。私が彼の世話をしなきゃならなかった」ロバータは顔をしかめて文句を言った。実際には何一つせず、夫の世話もすべてミシェルに押しつけていたにもかかわらず。「それに料理までやらされて。私、料理は嫌いなの。あれはあんたの仕事よ。どうしても教会に行くっていうなら、夕食を作ってから行きなさい！」

「そうするわ」ミシェルは視線を逸《そ》らしたまま答えた。

「ちゃんとやりなさいよ！　あと、家の掃除もね。でなきゃ、教会には行かせないから！」

どうせ口先だけよ。ロバータがブレア牧師に逆らえるわけがないわ。その考えを胸の内にしまって、ミシェルは静かに問いかけた。「もう部屋に行っていい？」

「好きにすれば？」ロバータは顔をしかめ、玄関ホールの鏡をのぞき込んだ。「私はこれから出かけるから。バートとサンアントニオで食事をするの。帰りは遅くなるわ」彼女は継娘を振り返ると、横柄に笑った。「男には扱い方ってもんがあるのよ。あんたみたいな世間知らずにはわかるはずもないけど」

毎度お馴染《なじ》みの嘲りの言葉に、ミシェルは身を硬くした。継母は彼女のことを時代に逆行する愚か者と思っているのだ。

また被害者面をしているわ。ロバータはいらだった口調で続けた。「ほら、部屋に行きなさいよ」ミシェルは無言で立ち去った。

その夜も、彼女は遅くまで勉強した。奨学金を得るには成績を上げなければならないからだ。彼女には父親が残してくれたささやかな遺産があった。ただし今、その遺産はロバータに管理されている。彼女が成人すれば遺産を自由にできるが、おそらくその頃には一セントも残っていないだろう。

彼女の父親は大量の鎮痛剤を服用していた。そのせいで、亡くなる前には冷静な判断ができなくなっていた。ロバータはそこにつけ込んだ。弁護士に命じて自分に都合のいい遺言書を作成させ、夫にサインさせたのだ。ミシェルはそう確信していた。しかし、まだ高校も出ていない彼女には異議を唱えることさえできなかった。

やりたいこともできず、指図に従うだけの日々。まさに試練よね。ロバータは私のやることなすことに文句を言う。私をばかにして、身なりにまでけちをつける。でも、ブレア牧師の言うとおりよ。この試練はじきに終わる。私は独り立ちする。そうすれば、もうロバータに昼食代をねだるような屈辱を味わわずにすむんだわ。

そんなことを考えていた時、トラックのエンジン音が聞こえてきた。ミシェルは窓の外に目をやり、黒いピックアップトラックが通り過ぎるのを確かめた。あの男が帰ってきたのだ。ゴドフリー家にとって最も近い隣人、ガブリエル・ブランドンが。

ミシェルが初めて彼と会ったのは二年前の夏のことだった。当時、この家には父親の両親が住んでいた。彼女はサンアントニオで暮らしていたが、夏になるたびにここへ来て、祖父母とともに過ごしていた。ある日、子牛が病気になり、彼女は祖父と町まで薬を買いに行った。店にはハンサムな先客がいた。その先客こそが最近祖父母の家の先に引っ越してきた男だった。

彼はとても背が高く、ロデオのカウボーイを思わせる体をしていた。瞳も髪も真っ黒で、顔立ちは映画スターのように整っていた。ミシェルはこれほどゴージャスな男に会ったことがなかった。

ミシェルの視線に気づいて、彼は笑った。険しかった表情が劇的に変化した。ミシェルは頬を赤らめ、目を逸らした。自分の反応を恥じながら、逃げるように店を出た。

そのあと、彼女は祖父に隣人のことを尋ねてみた。

祖父は言葉を選びながら答えた。「ジェイコブズビル近郊にエブ・スコットという牧場主がいてね。彼はその下で働いている。謎の多い男と言われているが、独身なのは間違いない。妹が一人いて、ときどき訪ねてきているよ」最後に祖父はミシェルに釘《くぎ》を刺した。「おまえはまだ十五歳だ。男に興味を持つのは早すぎる」

ミシェルは祖父の言葉にうなずいた。しかし内心では、あれほどゴージャスな男に見とれない女の子がいるだろうかと考えていた。

一方、ロバータの友人のバートは女の子には耐えがたい存在だった。彼はいつも脂ぎって見えた。嫌らしい目つきでミシェルを眺め、何かにつけて彼女に触ろうとした。一度、ミシェルは彼から飛びのいたことがある。髪をくしゃくしゃにされそうになったからだ。バートは彼女の反応を笑った。しかし、その目は笑っていなかった。

ミシェルは継母の友人を避けようとした。だが、ロバータは〝友人〟との関係を隠そうともしなかった。ある日、学校から戻ってきたミシェルは、ソファの上でからみ合う二人を見つけた。黒いスリップ姿でバートに覆い被《かぶ》さっていたロバータは、継娘の表情に腹を抱えて笑った。

「なんて顔をしてるのよ？　未亡人は黒い服を着て、一生男を断つべきだっていうの？」

ミシェルは気丈に反論した。「でも、パパが亡くなってまだ二週間しかたっていないのよ」

「それが何？　あんたのパパはベッドじゃつまらない男だったわ。病気で具合が悪くなる前でさえ。それでも、サンアントニオに住んでた頃はまだよかった。心臓専門の開業医として大金を稼いでたからね。問題は末期癌《がん》だとわかったあとよ。あの人はこのしみったれた町への引っ越しを決めた。週末だけ無料のクリニックを開いて、年金と蓄えを頼りに暮らしはじめた。だけど、蓄えなんて一年ともたなかった。あの人の薬代のせいで！」ロバータは横柄な口調で付け加えた。「せっかく玉《たま》の輿《こし》に乗れたと思ったのに！」

「あなたがパパと結婚したのは、お金のためだったのね」ミシェルはぼそぼそとつぶやいた。

「それ以外になんの理由があるっていうの？」ロバータは上体を起こした。タバコに火をつけ、継娘に向かって煙を吹きかけた。

ミシェルは咳《せ》き込んだ。「パパが言っていたでしょう。家の中でタバコを吸うなって」

「でも、そのパパはもういないわ。違う？」ロバータは微笑した。

「なんなら三人で楽しんでもいいんだぜ」バートがソファから身を起こした。

ミシェルは愕然《がくぜん》とした。「もしブレア牧師が今の言葉を聞いたら……」

「バート！」ロバータは鋭い目つきで友人を黙らせた。それから継娘に視線を戻し、ソファから立ち上がった。「場所を移すわよ。あんたのところに」友人の手をつかむと、彼女は自分の部屋へ向かった。

どうやらそこに二人の服があるようだった。

ミシェルはうんざりしながら自室へ入り、ドアをロックした。

大人たちの言い争う声が聞こえた。数分後、ドアの向こうからロバータが話しかけてきた。

「夕食はいらないわ」

ミシェルは返事をしなかった。

「面倒くさい子ね」ロバータはぼやいた。「いつも聖女気取りで私を見張ってるんだから」

「俺が性根をたたき直してやろうか」

「バート！」ロバータはまた声を荒らげた。「いいから行くわよ！」

ミシェルは怒りに頬が熱くなるのを感じた。足音が遠ざかり、玄関のドアが乱暴に閉められた。

彼女はカーテンの隙間から外をのぞいた。バートの車が道へ出ていくのを確かめて、安堵《あんど》のため息をつく。まさに生き地獄ね。あの二人がただの関係じゃないことはわかっていた。でも、実際にその証拠を見せられたら、やっぱりショックだわ。

それからは気まずい緊張の日々が続いた。継母は愛人と一緒になってミシェルをばかにした。彼女の父親の亡くなり方にまで文句をつけた。自分は見舞いにさえ行かなかったのに。入院した父親に付き添ったのはミシェルだった。その死を看取《みと》ったのもミシェルだった。

ミシェルはベッドに仰向けになり、天井を見上げた。卒業まであと数カ月。成績は悪くないわ。これならサンアントニオのマリスト大学へ行ける。あとは奨学金が認められるかどうかね。奨学金がないと、大学には行けない。それに仕事も探すべきだわ。

前みたいに修理工場でアルバイトができたら。でも、あれはパパが車で送り迎えしてくれたから通えたのよ。ロバータがパパの代わりをしてくれるとは思えない。

ミシェルは落ち着かなげに寝返りを打った。サンアントニオでなら仕事も見つかるかしら？　つらい仕事だっていい。肉体労働には慣れているわ。パパがロバータと再婚して以来、家事は全部私がやってきたんだから。料理に掃除、洗濯に芝刈りまで。

パパは再婚したことを悔いていた。死ぬ前に私に謝りさえした。ママが亡くなってから、パパはずっと寂しい思いをしていたのよ。だから、ロバータにちやほやされて、舞い上がってしまったんだわ。実際、ロバータは感じがよかった――最初のうちは。私を買い物に連れ出してくれたし、私の料理も褒めてくれた。でも、パパと結婚したとたん、彼女は本性を隠さなくなった。

ロバータは急に変わってしまった。あれはたぶんアルコールのせいね。パパが癌だとわかる前、ロバータは何週間かうちを留守にした。二人とも、私の前ではその話をしなかった。でも、世間は噂していたわ。ドクターがアルコール依存症の後妻を更生施設に送り込んだと。あのあと、ロバータは少し落ち着いたようだった。少なくとも、コマンチウェルズに引っ越してくるまでは。

病状が悪化する数日前、アラン・ゴドフリーは娘の肩をたたき、悲しげに微笑した。「すまないね、スウィートハート。もし過去に戻ってやり直せるなら……」

「いいのよ、パパ。気にしないで」

彼は娘を引き寄せ、額にキスをした。「おまえはママに似ているね。彼女も生真面目な性格だった。

でも、真面目すぎるのもどうかと思うよ。我慢ばかりしていると……」

「アラン、いいかげん中に入ったら？」ロバータのいらだちの声が飛んできた。彼女は夫と継娘が親しくすることを嫌い、何かにつけて二人の仲を裂こうとしていた。「いつまで外で牛を見てるの？　そんな臭いものを眺めてなんになるのよ？」

「今、行く！」アランは叫び返した。

「皿洗いがまだなんですけど。これって私の仕事じゃないわよね？」ロバータは継娘に冷たい笑みを向けると、ぴしゃりと網戸を閉めた。

ミシェルはひるんだ。

アランもひるんだ。「まあ、ここはなんとか乗りきろう」そうつぶやくと、彼はまたひるみ、みぞおちを押さえた。

「痛みがひどくなっているのね？　早くドクター・コルトレーンの診察を受けて」ミシェルは地元の医師コパー・コルトレーンの名前を出した。

アランはため息をついた。「そうだね。明日、彼のところに行くか」

彼女は安堵の笑みを浮かべた。「絶対よ」

結局、その〝明日〟は検査の連続と悲しい診断に終わった。アラン・ゴドフリーは薬を増やされ、絶望とともに帰宅した。そして、宣告された余命をわずかに超えたところで力尽きたのだった。

パパに会いたい。ミシェルの瞳から涙があふれた。彼女は今も父親の死を引きずっていた。生々しい喪失感に苦しんでいた。だが、彼女の継母は違った。この家と土地を現金に換えることしか考えていなかった。実際、ロバータは宣言したのだ。遺言書の検認がすみしだい、この家を売りに出すと。

ミシェルは抗議した。「私はまだ高校に通わなきゃならないのよ。卒業までどこで暮らせばいいの？」

ロバータは冷ややかに言い返した。「そんなの知ったことじゃないわ。私には私の人生があるの。まだ若いのに、牛と肥やしの臭いにまみれて生きるなんてまっぴらよ。私はバートのところに引っ越すわ。彼は今は失業中だけど、この家と土地を売れば、当分生活には困らないはずよ。いよいよとなったら、二人でラスベガスへ行くわ。向こうには私の知り合いがいるし、カジノで大金を稼げるから」

ミシェルは首を傾げ、哀れむような笑顔で継母を見返した。「賭博は必ず胴元が勝つようにできているのよ」

「ど素人のあんたに何がわかるの？」ロバータは反論した。「私は勝つわよ。胴元を負かしてやる」

「正気とは思えないわ」ミシェルは言い返した。

ロバータは肩をすくめただけだった。


コマンチウェルズに不動産業者は一人しかいなかった。ミシェルはいてもたってもいられず、その人物に電話をかけた。

「ロバータがこの家を売ると言っているの」

「まあ、落ち着いて」ベティ・マザーズは笑った。「家を売り出すためには、遺言書の検認と相続登記が必要よ。それがすんでも、そう簡単には売れないでしょうね。今は住宅市場が低迷しているから」

「よかった。私、たまらなく心配で……」声がうわずり、ミシェルは言葉を切った。

「心配しないで。もし彼女がいなくなっても、ここにはあなたの友人がいる。誰かがその家と土地を引き取って、あなたの居場所を確保してくれる。場合によっては、私がそうさせてもらうわ」

ミシェルは我慢できずに泣きだした。「なぜそこまで親切に……」

「ミシェル、あなたは小さな頃からこの町の一部だった。あなたはここで夏を過ごし、お祖父《じい》さんやお祖母《ばあ》さんを、町の人たちを助けてきた。ハリス家の坊やが虫垂炎で緊急手術を受けた時は、あなたが徹夜で付き添ったわよね。ロブ・マイナーの家が焼けた時は、募金集めのためにケーキを焼いてくれた。そうやって、あなたはいつも人のためにがんばってきた。みんな、わかっているのよ」そこでベティの口調が硬くなった。「あなたの継母がどういう人間かということもね。誓って言うけど、ここに彼女の友人はいないわ。ただの一人も」

ミシェルは息を整え、涙を拭った。「ロバータはパパがお金持ちだと思っていたの」

「でしょうね」

「彼女はここに引っ越すことをいやがっていたわ。私は大賛成だったけど」ミシェルは付け加えた。

「私、コマンチウェルズが大好きなの」

ベティは笑った。「私もよ。私はニューヨークからこっちに移ってきたの。夜はサイレンより虫の音を聞きたいじゃない？」

「ええ」

「だから、もう泣かないで。きっとすべてうまくいくから」

「なんてお礼を言ったらいいか」

「お礼なんていらないわ」

次の日の午後、学校から帰宅したミシェルは、コーヒーテーブルの上に置かれた父親の切手のコレクションを見つけた。品のいい長身の男性がロバータに小切手を渡そうとしている。

「実に見事なコレクションですな」男性は言った。

「どういうこと？」ミシェルは教科書をソファに投げやって叫んだ。「それはパパの切手よ！　私も小学生の頃から切手の整理を手伝っていたわ。私に残された唯一の形見なのよ！」

ロバータはばつの悪そうな顔になった。「ミシェル、この件についてはもう話がすんで……」

「私は何も聞いてないわ！」ミシェルは真っ赤な顔で泣きわめいた。「パパが亡くなってまだ三週間なのに、あなたはパパのものを全部処分した。パパの服まで捨てて、この家も売りに出すつもりで……。そして、今度はこれ！　あなたは……まさに金の亡者だわ！」

ロバータは呆然《ぼうぜん》としている男性に笑みを向けた。「すみません。娘が失礼なことを……」

「私は彼女の娘じゃありません！　彼女は二年前に私の父と結婚したんです。でも、男友達を作って、父が病院で弱っていく間も、その男と会っていたんです！」

男性はまじまじとミシェルを見つめた。それからロバータに向き直り、彼女の手から小切手を奪い返してびりびりに引き裂いた。

「でも、取引はもう成立しているわ」ロバータが抗議した。

男性は険しい一瞥《いちべつ》を返した。「奥さん、もしあなたが私の身内なら、縁を切るところです。私は子供から盗んだものを買うつもりはありません」

「訴えてやる！」ロバータは息巻いた。

「どうぞご自由に。お嬢さん、このたびのことは本当にお気の毒です」ミシェルに優しく声をかけると、男性は再びロバータに視線を向けた。「では、私はこれで」

男性が外へ出て行くのを待って、ロバータは継娘に向き直り、その頬を平手打ちした。

「あんたのせいで五千ドルの取引がおじゃんよ！　やっと見つけた客だったのに！」

ミシェルは顎をつんと上げた。「どうぞ。ぶちたければ、ぶてばいいわ」

「なんていやな子！　憎たらしいったらありゃしな

い！」ロバータはまた手を振りかざした。だが、そこでブレア牧師の目つきを思い出し、手を下ろしてバッグをつかんだ。「私はバートに会いに行くわ。明日から、あんたの昼食代はなしよ。お昼が食べたきゃ、床磨きでもして稼ぎなさい！」

ロバータは憤然とした足取りで家を出ると、自分の車に乗り込み、走り去っていった。

ミシェルは切手のコレクションを抱えて自分の部屋に向かった。彼女には秘密の隠し場所があった。クローゼットの基部に一枚緩んだ板があるのだ。彼女はその板を外した。切手帳を奥へ押し込み、板を元に戻してから鏡の前に立つ。ぶたれた頬が赤く腫れあがっていた。

でも、いいわ。切手帳を守れたんだから。パパは私を膝にのせ、切手のことを教えてくれた。切手の整理を手伝わせてくれた。あの切手帳には幸せだった頃の思い出が詰まっている。あれだけは失うわけにはいかないわ。たとえロバータに殺されたとしても。

でも、そのためには何をすればいいの？　いつまでこの苦しみに耐えればいいの？　卒業までの数カ月が数年にも思えるわ。私はロバータに逆らった。明日からは、もっとひどい地獄が待っている。出口の見えない地獄が。もううんざりよ。ロバータにも。バートにも。今の私は奴隷と同じ。希望なんてどこにもない。

パパが生きていてくれたら。でも、パパはもういない。二度と戻ってこない。私は死ぬまでロバータに苦しめられることになるんだわ。

ミシェルは父親を思って泣いた。そして、涙で頬を濡《ぬ》らしながら、ふらふらとした足どりで玄関を出ると、家の前を通る道の真ん中に座り込んだ。

2

背後から車の振動が伝わってきた。道から埃《ほこり》が舞い上がる。ミシェルはそれを肌で感じた。だが、動こうとはしなかった。希望を失っていたから。生きることに、すべてに疲れていたからだ。

彼女は膝を抱えた。目をつぶり、その瞬間を待った。きっと痛いわよね。できれば一瞬で……。

タイヤのきしる音。金属的な衝撃音。でも、痛くないわ。私はもう死んでしまったの？

彼女の視界に黒い革のブーツが入ってきた。ブーツの上には色あせたジーンズに包まれた、長くてたくましい脚があった。

「説明してもらおうか？　道の真ん中に座って何をしているんだ？」怒りを含んだ低い声が聞こえた。

ミシェルは冷たい黒い瞳を見上げ、顔をしかめた。

「車に轢《ひ》かれようとしているんじゃない？」

「僕が運転しているのはトラックだ」

「じゃあ、トラックに轢かれようとしているのよ」彼女は事務的な口調で言い直した。

「もっと詳しく説明してくれないか？」

ミシェルは肩をすくめた。「私は継母の取引を邪魔したの。彼女が戻ってきたら、きっとまたぶたれるわ」

相手が眉をひそめた。「取引？」

「父が三週間前に亡くなって」ミシェルは物憂げに説明した。「私は火葬に反対したの。ちゃんとした葬儀をおこなうべきだと。その腹いせに、彼女は父のものを全部ゴミに出したわ。そして、今度は父の切手のコレクションまで売ろうとした。あれは私に残された唯一の形見なのに。だから、私は取引の邪魔をした。でも、取引の相手が帰ってしまうと、彼女は私をぶって……」

彼は首を巡らせた。火ぶくれしたようなミシェルの頬に気づき、黒い瞳を鋭く細めた。「トラックに乗って」

「でも私、埃まみれよ」

「気にするな。トラックも埃まみれだ」

ミシェルは立ち上がった。「私を拉致するの？」

「ああ」

「オーケー」彼女はため息をつき、哀れっぽい視線を返した。「どうせ拉致されるなら、行く先は火星がいいわ」

彼は小さく笑い、ミシェルのために助手席側のドアを開けた。

「あなたはミスター・ブランドンね」相手が運転席に乗り込むのを待って、彼女は言った。

「ああ」

「私はミシェルよ」

「ミシェル」ガブリエル・ブランドンはくすりと笑った。「そういうタイトルの歌があったな。父がよく口ずさんでいた。ミシェル、マ・ベル」彼は助手席に目をやった。「君、フランス語はできるのかい？」

「少しだけ習ったわ。〝僕の美しい人〟って意味よね？」ミシェルは笑った。「でも、私には関係ないみたい。私は普通の地味な女の子だもの」

ガブリエルは眉を上げた。今のは冗談か？　こんなにきれいな子なのに。まだ幼い感じはするが、クリーム色の肌は非の打ち所がない。髪は淡いブロンドだし、顔立ちも整っている。それに、この灰色の瞳。まるで八月の霧のようだ。

いったい何を考えているんだ？　相手はただの子供だぞ。彼は道に視線を戻した。「美しいかどうかは見る者しだいだ」

「あなたは？　フランス語を話せるの？」興味を引かれて、ミシェルは問いかけた。

「フランス語、スペイン語、ポルトガル語、アフリカーンス語、ノルウェー語、ロシア語、ドイツ語。それに、中東の方言もいくつか」

「ほんと？　通訳の仕事でもしていたの？」

ガブリエルは唇をすぼめた。「たまにね」

「すごい」

彼はトラックを発進させ、八百メートルほど先の自宅へ向かった。彼の自宅は道から引っ込んだ位置にあるランチハウスだった。夏ともなれば、ランチハウスの周辺には花の海が広がる。だが、今はまだ二月なので、そこには一輪の花さえなかった。

「ミセス・エラーは花が大好きな人だったわ」

「ミセス・エラー？」

トラックが玄関ポーチの前で停《と》まった。ミシェルは笑顔で説明した。「前にここに住んでいた人よ。ご主人は保安官代理をしていたわ。彼らには息子が一人いたんだけど、軍隊に入って、海外で亡くなったの。そのあとを追うように、ご主人も亡くなって。ミセス・エラーはたくさん花を植えていたのよ。子供の頃よくお祖父《じい》ちゃんとここに遊びに来たけど、花で家が見えないくらいだった」

「君はこの土地の人間か」

「ええ。三世代前からの地元民よ。パパがサンアントニオで開業医をしていたから、私も向こうに住んでいたけど、夏はいつもここでお祖父ちゃんやお祖《ば》母《あ》ちゃんと過ごしていたの。二人が亡くなったあとも、休暇中はよくこっちに来ていたわ。ママが生きている間は」つらい記憶がよみがえり、ミシェルは唾をのみ込んだ。「パパは早めに引退して、ここへ戻ることに決めたの。でも、継母は最初からあの家を毛嫌いしていた。彼女はあの家を売るつもりなのよ」

ガブリエルは息を吸い込んだ。あとで悔やむことになるだろう。でも、仕方がない。彼は助手席側のドアを開け、ミシェルが降りるのを待った。彼女を家の中に案内し、キッチンの椅子に座らせ、アイスティーをグラスに注《つ》ぐと、自分も向かいの椅子に腰を下ろした。

「続けて」彼は促した。「この際だから全部吐き出してごらん」

「でも、これはあなたの問題じゃ……」

「君は自殺を図ることで僕を巻き込んだ。だから、これは僕の問題でもある」

ミシェルは眉をひそめた。「本当にごめんなさい、ミスター・ブランドン」

「ガブリエルだ」

彼女はためらった。

ガブリエルが片方の眉を上げた。「僕はそこまで老けてないよ」

彼女ははにかんだ笑みを浮かべた。「オーケー」

ガブリエルは頭を傾け、灰色の瞳をのぞき込んだ。

「ほら、言ってみて」

ミシェルの胸が高鳴った。どぎまぎしながらも、彼女はつぶやいた。「ガ……ガブリエル」

ガブリエルの表情がわずかに緩んだ。口元から白い歯がのぞく。「そのほうがいい」

ミシェルは頬を赤らめ、目を逸《そ》らした。「私……男の人の前だと落ち着かなくて」

ガブリエルは彼女の赤い顔を見据えた。「君の継母に男友達はいるのか？」

ミシェルは唾をのみ込んだ。グラスを握る手が震えた。

ガブリエルはその手からグラスを取り上げ、テーブルに置いた。「話してごらん」

ミシェルは洗いざらい話した。ソファで寄り添うロバータとバートを見つけたことも。バートが嫌らしい目つきで彼女を見て、触ってこようとすることも。牧師が訪ねてきたことも。

「僕の人生も十分にややこしいと思っていたが」ガブリエルはかぶりを振った。「すっかり忘れていたよ。年長者に振り回される若者のつらさを」

ミシェルは相手の奇妙な表情に気づいた。「あなたも同じ経験があるのね？」

「僕の場合は継父だが。当時、僕たちは継父の仕事の都合でダラスに住んでいた。継父はいつも僕の妹を追い回していた。妹はまだ十三歳だったのに。ある日、妹の悲鳴が聞こえたんだ。妹の部屋に駆けつけると、継父がいた。継父は妹を……」ガブリエルはそこで言葉を切り、顔を強《こわ》ばらせた。「母は隣人の助けを借りて、僕を継父から引き離した。事情を知ったあとも継父を擁護し、僕を警察に引き渡した。でも、国選弁護人が情報を集め、妹から真実を聞き出してくれた。継父は逮捕され、裁判にかけられたよ。それでも、母は継父に味方した。妹は継父に苦しめられたうえに、被告側の弁護士にまで攻撃された。その経験がトラウマになって、いまだにデートさえできずにいる」

ミシェルはひるんだ。おずおずと手を伸ばし、テーブルの上で握られた彼の拳《こぶし》に触れる。「本当に大変な思いをしたのね」

ガブリエルは過去を振りきるように表情を引きしめた。気遣わしげな視線を受け止め、彼女の小さな手を握った。「誰にも話したことがなかった。今までは」

「問題は一人で抱え込まないほうがいいのかもしれないわ。明るい場所に引っ張り出せば、暗い記憶も少しはましに見えるものじゃない？」

「体は十七歳、心は三十歳か」彼が微笑した。

ミシェルも笑みを返した。なぜ彼が自分の年を知っているのか、その時は疑問に思わなかった。「世の中には自分より不幸な人が大勢いるでしょう。私の友達にビリーという子がいるんだけど、彼とお母さんはいつもアルコール依存症の父親に殴られているの。そのせいで何度も警察沙汰になっているのに、お母さんは絶対に訴えようとしないのよ。でも、カーソン保安官は言っているわ。次は自分で告発してでも彼を刑務所送りにしてやるって」

「頼もしい保安官だ」

「裁判のあとはどうなったの？」

ガブリエルはミシェルの小さな手を握りしめた。その手がもたらす慰めを楽しむかのように。彼は今までどんな女性にもこの話をしたことがなかった。そもそも人に触れられることさえ嫌っていた。

「継父は児童虐待の罪で投獄された。母は面会日には必ず彼に会いに行っていた」

「あなたと妹さんは？」

「僕たちは母の家から追い出された。あのままいけば、二人とも里子に出されていただろう。それを救ってくれたのが国選弁護人だ。彼には婚期を逃したおばさんがいた。これがちょっと危なっかしい女性でね。落ち込みやすく、すぐに死にたくなってしまうんだ。そこで彼は考えた。おばさんと僕たちはお互いの力になれるんじゃないかと。そんなわけで、僕たちはモードおばさんと暮らすことになった」ガブリエルはくすりと笑った。「彼女はおよそ婚期を逃した女性らしくない人だったよ。ジャガーを乗り回し、煙突みたいにタバコを吹かし、どんな男よりも酒が強かった。ビンゴパーティが大好きで、料理の腕も超一流。おまけに、約二十カ国の言葉を使いこなした。若い頃は軍隊にいて、軍曹として活躍していたからな」

「すごい人」ミシェルは感嘆の声をあげた。「そんな人と暮らしたら退屈しないでしょうね」

「ああ。しかも、彼女は裕福で、僕たちのことを我が子のようにかわいがってくれた。妹にはセラピーを受けさせ、僕を軍隊に送り込んだ」ガブリエルは微笑した。「クリスマスがまたすごかった。天井につかえるほど大きなツリーに、枝が折れそうなほど大量のデコレーション。そして、彼女は町を回り、ホームレスを見かけては、うちに食事に来いと誘うんだ」彼の顔から笑みが消えた。「色々な国を見てきたが、この国は貧者に冷たすぎる。そう彼女は言っていた。でも、最後は食事に招いたホームレスに刺し殺された」

「そんな結末、悲しすぎるわ」

「そう、なんとも皮肉な話だ。でも、その頃にはサラも僕も成長していた。僕は……軍隊にいたし」ガブリエルの言葉に一瞬の間ができた。「サラも一人暮らしを始めていた。おばさんは弁護士の甥《おい》と僕たちに全財産を遺《のこ》した。僕たちは辞退しようとしたが、弁護士は耳を貸さなかった。彼は笑って言ったよ。おばがここまで生きられたのは君たちのおかげだ。自分は麻薬王の弁護で大金を稼いでいるから、これ以上の金は必要ないと」

「犯罪者の弁護をするなんて」ミシェルはかぶりを振った。

「それが弁護士の仕事だ」ガブリエルは指摘した。「それに、へたな真人間よりましな麻薬王もいる。僕もそういう人物を一人知っているよ」

ミシェルは笑っただけだった。

ガブリエルは彼女の小さな手を見下ろした。「もし君の手に負えない状況になったら、僕に知らせてくれないか。少しは力になれると思うから」

「でも、高校を出るまでの辛抱だから」

「状況しだいでは、数カ月が一生に感じられることもある」

ミシェルはうなずいた。

「友達は助け合うものだ」

彼女はガブリエルの顔を見つめた。「友達？　私たちは友達なの？」

「そう考えるしかないだろう。僕は君に誰にも話さなかったことを話した」

「でも、全部じゃないでしょう？」

ガブリエルは自分の手の中にある小さな手に視線を戻した。「継父は投獄されたが、模範囚として半年で釈放された。その後、自分に不利な証言をした妹に復讐《ふくしゅう》しようとして、警官に射殺された」

「射殺……」

「母は僕たちを責め、カナダのアルバータ州に戻った。僕たちはそこで育ったんだ」

「あなた、カナダ人なの？」

「生まれはテキサスだよ。軍隊勤めだった父が海外に赴任したのを機に、母の故郷へ引っ越したんだ。妹はカルガリーで生まれた。母が継父と再婚するまでは、ずっと向こうで暮らしていた」

「その後、お母さんとは会ったの？」ミシェルは遠慮がちに尋ねた。

ガブリエルは首を左右に振った。「向こうが会うことを拒絶していたからね。母は数年前に亡くなった。それも彼女の弁護士から知らされたんだ。彼女の遺産はアルバータ州の親戚が相続したと」

「救いのない話ね」

「人生なんてそんなもんだ。母は妹を苦しめた。いつかは彼女もそのことに気づいて、考えを改めるかもしれないと期待していたんだが」

「人は愛する相手を選べないのよね。たとえ、その愛のせいで苦しむことになっても」

ガブリエルは眉をひそめた。「君は本当に三十歳みたいなことを言うんだな」

「心が老けているのかしら」彼女は小さく笑った。

「君も哲学書を読むタイプなのか？」

「ええ、まあ」いったん口をつぐんでから彼女は問いかけた。「あなたのお父さんは？」

ガブリエルは寂しげに微笑した。「父は地雷を踏んで亡くなった。海外の民兵組織にいた時に」

民兵組織？　ミシェルは初めて聞く言葉に戸惑いつつも、うなずいた。

「彼はダラス出身で、テキサスの小さな牧場を祖父から受け継ぎ、ロデオ用の馬を調教していた。僕の両親はカルガリーのロデオ大会で出会ったんだ。母にもロデオ用の馬を育てているおじがいたから。母の一族はフランス系のカナダ人だ。でも、祖母はブラックフット族だった」

「ブラックフット族！」

ガブリエルは微笑した。

「じゃあ、あなたはアメリカ市民なのね」

「カナダとアメリカ、両方の国籍を持っている」

「『騎馬警官』というカナダのテレビドラマがあったでしょう？　父はあれが大好きで、ＤＶＤも全巻揃《そろ》えていたのよ。私は主人公の犬が好きだったわ。あの犬、狼《おおかみ》の血を引いているのよね」

ガブリエルは笑った。「あのＤＶＤなら僕も持っている。あれは面白いドラマだった」

ミシェルは壁の時計に目をやった。「もうこんな時間？　うちに戻って、夕食の支度をしなきゃ。ロバータが帰ってくるかもしれないから。帰ってきたら、きっとまた怒られるわね。切手のことで」彼女は表情を強ばらせた。「でも、あれは絶対にロバータには渡さないわ。私には隠し場所があるの。ロバータの知らない隠し場所が」

ガブリエルは微笑した。「悪知恵が働くな」

「いつもはそうじゃないのよ。でも、パパの切手を売らせるわけにはいかないもの」

ガブリエルは小さな手を放し、椅子から立ち上がった。「もしまた暴力を振るわれたら、警察に通報するといい」

「そんなことをしたら、ロバータに殺されるわ」

「まさか」

ミシェルはため息をついた。「そうね。どうしてもという時は通報するかも」

「さっき牧師の話をしていたね。彼の名前は？」

「ジェイク・ブレアよ。それがどうかした？」

ガブリエルはわざと無表情を装った。

「ブレア牧師を知っているの？　彼は本当にいい人よ。ロバータは彼を怖がっていたけど」

ガブリエルは笑いをこらえているように見えた。

「ああ。僕も彼の噂《うわさ》は聞いている」

「ブレア牧師は私が教会に行けるようにしてくれたの。彼の娘さんに私の送り迎えをさせるって。その娘さんはジェイコブズビルの警察署長の下で働いているのよ」

「キャッシュ・グリヤか」

ミシェルはうなずいた。「彼もとてもいい人よ」

「いい人？　キャッシュ・グリヤが？」

「色々な噂もあるけど、彼が頭のいい人であることは間違いないわ。私、公民の授業で彼の話を聞いたことがあるの」

「確かに彼は切れ者だ」

ガブリエルは再びトラックに乗り込み、ミシェルを自宅まで送り届けた。

ミシェルはトラックを降りようとしたところでためらい、彼に向き直った。「ありがとう。今日の私はよっぽど落ち込んでいたんだと思うわ。死を考えたことなんて今まで一度もなかったのに」

ガブリエルは灰色の瞳をのぞき込んだ。「人は誰でも〝黒い犬〟に取りつかれる日がある」

ミシェルは目をしばたたいた。「黒い犬？」

「ウィンストン・チャーチルはたびたび重度の鬱に苦しめられた。彼はそれを黒い犬と呼んでいた」

「ウィンストン・チャーチル……」

「昔、大きな戦争があってね」ガブリエルはおどけて説明した。「当時、イギリスという国を率いていた人物が――」

「もういいから！」ミシェルは吹き出した。

ガブリエルはにんまり笑った。「念のために説明しただけだ」

ミシェルはかぶりを振った。「チャーチルのことは知っているわ。ただ話についていけなかっただけ。今日は本当にありがとう」

「どういたしまして」

ミシェルはトラックを降り、継母がまだ帰宅していないことを確認すると、笑顔で手を振った。ガブリエルも手を振ってくれた。だが、走り去るトラックから振り返ることはしなかった。

ロバータが帰宅したのは夕食の支度ができたあとだった。彼女の怒りはまだ収まっていなかった。

「私が嫌いだと知ってて、牛肉にしたの？　それに、このマッシュポテト。バターを混ぜたわね？」

「ええ、混ぜたわ」ミシェルは小声で答えた。「あなたがそのほうが好きだと言っていたから」

ロバータは頬を赤らめ、気まずそうに身じろいだ。確かに、最近の私はどうかしてるわ。アランの葬儀を欠席し、彼のものを処分して。継娘《ままむすめ》をいじめ、ついには手まで上げて。それなのに、この子は私の好みを考えて夕食を用意してくれた。世間知らずだから、何も気づいてないのね。でも、わかる人にはわかるはずよ。バートのせいだわ。全部あいつが悪いのよ。

「無理に食べなくてもいいのよ」ミシェルが顔を背けた。

「まあ、いいわ」ロバータはテーブルの前に座り、継娘に視線を投げた。ミシェルはカップに熱い湯を注ぎ、そこにティーバッグを浸している。「あんたは食べないの？」

「私はスープを飲んだから」

ロバータはミートローフとマッシュポテトを食べはじめた。継娘はクリームで和《あ》えたグリーンピース――彼女の大好物まで作っていた。

ロバータはフォークを置こうとしたところで、自分の手が震えていることに気づいた。フォークをテーブルにたたきつけ、素早く手を引っ込める。

最悪だわ。増えていく量。かさむ費用。最近はそのことでバートと喧嘩《けんか》ばかりしてる。今日だってそう。ミシェルのことを愚痴りに来た私に、あいつは文句を言いはじめた。私をこの道に引きずり込んだ張本人のくせして。

〝この道〟は彼女が考えていた以上に金がかかった。ついには病気の夫にも気づかれるほどに。二人は口論になった。離婚を切り出したアランに、彼女は懇願した。私には行くところがないのと。彼女は天涯孤独の身の上だった。バートに同居を断られるのはわかっていた。

アランは離婚しないことに同意した。ただし、一緒に彼の故郷へ引っ越すという条件付きで。

彼女は高をくくっていた。引っ越しといっても一時的なものよ。アランは出世競争に疲れたんだわ。少しゆっくりしたいだけなのよ。ところが、引っ越してから数日もたたないうちに、彼女の夫は告白した。〝自分は癌《がん》を患っている。手術しても助からない状態だ。だから、残された日々はもっと娘とともに過ごしたい。無料のクリニックを開いて、貧しい人々の力になりたい。自分が生まれた土地で、前向きに人生を締めくくりたい〟

その結果がこれよ。私は泥沼から抜け出せない。金蔓《かねづる》ももういない。いるのはこのシンデレラ――男のことも、人生のこともわかってない世間知らずな小娘だけ。

ロバータは継娘をにらみつけた。お金に換えられるものはすべて換えたわ。アランのものだって本当はゴミに出したわけじゃない。サンアントニオで売ったのよ。でも、まだ足りない。私にはお金が必要なの。あの切手が必要なの。

彼女は出し抜けに問いかけた。「切手帳はどうしたの？」

ミシェルは無表情で答えた。「ヒッチハイクで町まで行って、キャッシュ・グリヤに預けたわ」

ロバータはぎょっとして息をのんだ。「キャッシュ・グリヤ？」

「それが一番安全だと思って。彼には、学校にいる間に盗まれる心配があるからと説明したわ」

じゃあ、私にぶたれたことは話さなかったのね。やれやれだわ。暴行罪で捕まるのはごめんだもの。今後はもっと用心しよう。この子はばかだから気づいてないけど、警察署長の目はごまかせない。この家に法執行の人間が踏み込んでくる事態だけは避けなくちゃ。

ロバータは椅子から立ち上がった。喉がからからだわ。コーヒーが飲みたい。でも、今カップを持てばとんでもないことになる。まずはこの手の震えをなんとかしないと。彼女は浴室へ向かおうとした。だが、途中で足を止め、背中ごしに言い渡した。

「あの……あんたをぶったのはやりすぎだったわ」

ロバータは返事を待たなかった。下手に出た自分に腹を立てていたのだ。なんで私が小娘の顔色を気にしなきゃならないの？　確かに、ミシェルは悪い子じゃないわ。私がアランと付き合いはじめた時も、いやな顔一つせずに歓迎してくれた。

でも、それももう過去の話よ。アランは死んだ。私の金蔓はいなくなった。ロバータはサイドテーブルからバッグをつかみ、浴室に入っていった。

ミシェルはテーブルを片付け、皿を食洗機に移した。それでもまだ継母は浴室から出てこなかった。

あのロバータが反省の言葉を口にするなんて。ミシェルは驚きとともに自分の部屋へ戻った。私が警察に泣きつくとでも思ったのかしら？　実際、最近のロバータは怖い感じがするわ。気分の浮き沈みが激しくて、すぐ暴力的な態度をとる。

以前のロバータはこんなふうじゃなかった。パパと結婚したばかりの頃は、好感の持てる愉快な人だった。確かに男好きなところはあったけど。三人でレストランに行っても、完璧な身なりとマナーで男性たちの注目を集め、それを楽しんでいるように見えたけど。

状況が一変したのは数カ月前のことだった。ロバータは夜に一人で出かけるようになった。彼女は夫に説明した。〝エクササイズのサークルに入ったの。友達の家に集まって、女だけでエアロビクスやピラティスをやるのよ〟

ところが、そのうちに彼女は身なりを気にしなくなった。マナーを無視し、文句ばかり言いはじめた。〝アランが少ししかお金を渡してくれないの。この家は掃除が必要よ。なぜミシェルはもっと家事を手伝わないの？　私、料理は嫌い。もうやらないから、あとは全部ミシェルがやって〟

アランは妻の変化に打ちのめされた。継母の攻撃対象にされたミシェルは、ただ堪え忍ぶしかなかった。

〝年を取るにつれて情緒不安定になる女性もいるんだよ〟アランは娘にこっそり打ち明けた。〝でも、このことはロバータには内緒だぞ。彼女は年齢のことを気にしているから。いいね？〟

〝わかったわ、パパ〟ミシェルはにっこり笑ってうなずいた。

アランは娘を抱きしめた。〝いい子だ〟

その後、ロバータは二週間ほど家を留守にした。彼女が帰宅してまもなく、一家はコマンチウェルズ――ミシェルが祖父母と幸せな夏を過ごした家へ引っ越してきたのだった。

祖父母は交通事故で亡くなっていた。ミシェルの母親が脳梗塞で急死してからわずか数年後の出来事だった。妻に続いて両親まで失い、アランは悲嘆に暮れた。それはミシェルにとってもつらく悲しい日々だった。

それでも、コマンチウェルズに引っ越してきた時は故郷に戻ったような安堵《あんど》感があった。コマンチウェルズは小さな町で、ほぼすべての住民と顔見知りだったからだ。もちろん、ジェイコブズビルにも知り合いはいたが、コマンチウェルズと比べればジェイコブズビルははるかに大きな町だった。

ミシェルの祖父母は様々な動物を飼っていた。犬、猫、鶏。彼女は動物が大好きで、よく一緒に遊んでいた。だが、アランが家族を連れて引っ越してきた時点では、数頭の牛しか残っていなかった。その牛たちも地元の牧場主に売られ、今は引き渡しの時を待っていた。

不意にドアが開き、ロバータが顔をのぞかせた。

「これからサンアントニオに戻るわ。バートに会わなきゃならないの」

「そう……」〝わかったわ〟とミシェルが言葉を続ける前にドアが閉まった。

ロバータはそのまま車へ直行し、慌ただしく出かけていった。

継母の様子を奇妙に思いながらも、ミシェルは少し安堵した。この調子なら五月の卒業までなんとか持ちこたえられそうだわ。

でも、今日の試練を乗り越えられたのはガブリエルのおかげね。ミシェルは笑みをもらした。親切な隣人の力強く温かな手を思い返すと、心臓の鼓動が速くなった。彼女は男性とまともに手をつないだことがなかった。十二歳の時、学校のダンスで男の子と手をつないだ程度だ。内気で古風な彼女は高校でも目立つほうではなかった。一人だけ彼女をデートに誘った男の子がいたが、そのデートは悲惨な結果に終わった。

ガブリエルは男の子じゃないわ。少なくとも二十代の半ばにはなっているはずよ。向こうから見れば、私はただの子供よね。でも、私もいつかは大人になる。その時は……何かが変わるかしら？

ミシェルは教科書を広げた。宿題に取りかかったところで、とんでもない可能性に気がついた。私はロバータに嘘《うそ》をついた。切手帳はキャッシュ・グリヤに預けたと。もしロバータが彼にそのことを確かめたら？

私の嘘がばれてしまう！　そうなったら、ロバータはこの家を引っかき回すわ。切手帳を捜して……。

いいえ、待って。ロバータは警察を恐れているみたいよ。そんな人が自ら警察署長に近づいたりするかしら？　とにかく、学校帰りに署長のオフィスに寄ってみよう。カーリーに車で迎えに来てくれる時間を尋ねるふりをして。そして、もし勇気が湧いたら、グリヤ署長に事情を話してみよう。ジェイコブズビルからうちまではタクシーで帰るしかないけど、今週分の昼食代はもうもらっているから、それをタクシー代に回せばいいわ。問題は来週以降ね。もうロバータからの昼食代は当てにできない。ずっと昼食抜きで我慢するか、それとも仕事を探すか。でも、車も運転免許証もない私を雇ってくれるところがあるかしら？

ミシェルはため息をついた。まさに人生最大のピンチだわ。でも、いつかはこの状況から抜け出せる。少なくとも、その可能性はあるはずよ。

3

金曜日の午後、ミシェルはジェイコブズビルの中心街でスクールバスを降りた。彼女にはグリヤ署長に会うという用件があった。だが、その前に地元紙のオフィスに立ち寄り、奨学金の申請に必要な推薦状をミネット・カーソンに頼んでみるつもりだったのだ。

ミネットは自分のデスクの前に座っていたが、ミシェルが入っていくと立ち上がり、笑顔で出迎えてくれた。「勉強はがんばってる?」

「はい」ミシェルは答えた。「この前、マリスト大学がジャーナリズム専攻の学生を対象に奨学金を出していると教えてくれましたよね。今、その奨学金を申請しているんですけど、推薦状をお願いできませんか?」

「もちろん、いいわよ」

「ありがとうございます。ご厚意を無駄にしないように、私ももっと努力します」

「あなたなら大丈夫。言葉の使い方を知っているもの」何か言いたそうな少女の表情に気づいて、ミネットは片手を上げた。「本当の話よ。私は見込みのない人に余計なお節介はしないわ」

ミシェルは笑った。「じゃあ、素直に聞いておきます」

「実は前から思っていたんだけど、よかったらうちで働いてみない? 放課後と土曜日の午前中に」

「ここで? ええ、ぜひ!」ミシェルは思わず叫んでから表情を曇らせた。「でも、無理だわ。私、車の運転ができないんです。タクシーで通うお金もありません。今日はタクシーで帰るつもりだけど、そのためにお昼を抜いて……」

「カーリーに頼んでみたら？」ミネットはさりげなく提案した。「彼女はあなたのうちの先に住んでいて、五時までこの近くで働いているの。うちの勤務時間も五時までよ。それに彼女、土曜の午前中も仕事に出ているわ」

ミシェルの表情が晴れた。「そうします！」

ミネットは笑った。「結果は私にも教えて」

「ええ、必ず」

「あなたさえよければ、月曜から始めてくれていいわ。携帯電話は持ってるかしら？」

ミシェルは目を伏せ、首を左右に振った。

「じゃあ、うちで用意するわね」

「でも……」

「ニュースを求めて町中に電話をかけまくる。それが見習い記者の仕事よ」ミネットはにんまり笑った。

「携帯電話は必需品だわ」

「そういうことなら。でも、代金は働いてお返しします」

「これで話は決まりね」

「今からカーリーにお願いしてきます」

「帰りにここに寄って、結果を知らせてくれるかしら？」

「はい！」

ミシェルは急ぎ足で通りを渡った。そして警察署へ入っていくと、キャッシュ・グリヤがカーリーのデスクに腰かけていた。彼は書類を手に口述していたが、ミシェルに気づいて言葉を切った。

「お邪魔してすみません」ミシェルは頬を赤らめ、盾を構えるように教科書を胸に抱いた。「ちょっとカーリーにお願いしたいことがあって。でも、また出直してきます」

「遠慮は無用だ」キャッシュはにんまり笑った。

「ありがとう」ミシェルは遠慮がちに微笑し、少しためらってから切り出した。「実は私、継母に嘘《うそ》をついたんです。その嘘にあなたも巻き込んでしまったんです」

キャッシュは眉を上げた。「私を主演に映画を撮りたいとか？　あいにくだが、私の出演料は高いよ。目の玉が飛び出るくらい……」

ミシェルは笑った。「いいえ。あなたに父の切手帳を預けたと言ったんです。継母は父のものをすべて処分したあげく、切手帳まで売ろうとしていました。あれは父と私で集めたものなのに。私に遺《のこ》された父の唯一の形見なのに」

キャッシュがデスクから腰を浮かせた。彼はもう笑っていない。「切手帳をここに持っておいで。私が金庫にしまっておくから」

「ありがとう」ミシェルは涙をこらえた。

「だめだめ。君が泣いたら、私まで泣いてしまう。図体《ずうたい》の大きな警察官がめそめそ泣いていたら、町の人たちはどう思う？　町の治安はどうなる？」

ミシェルは唇を噛《か》むのをやめ、笑みを浮かべた。

「うん。そのほうがいい」そこでキャッシュは表情を改めた。「今朝ブレア牧師と話したが、君の継母は問題を抱えているようだね」

ミシェルは悲しげにうなずいた。「サンアントニオにいた頃は違いました。私と買い物に行ったり、交代で料理したりしていたんです。でも、こっちに引っ越してきてから、バートという人と関わるようになって」彼女は身震いした。「ぞっとするくらい気持ちの悪い人なのに、継母は彼に夢中なんです」

「バートというのはバート・シムズのことかな？」

キャッシュはやんわりと尋ねた。

「ええ」

キャッシュは、それ以上のコメントはしなかった。

「もし何かあったら、私に知らせてくれないか？　コマンチウェルズは私の管轄外だが、私ならヘイズ・カーソンにすぐに連絡が取れるから」

「でも、そこまでする必要は……」

「ないと言いきれるかな？」

ミシェルの背筋に寒気が走った。私の心まで見透かすような目つき。グリヤ署長にはすべてお見通しなのかしら？「継母も反省しているみたいでした。私をぶったことについては」

「君をぶった？」キャッシュの背筋が伸びた。「いつ？」

「私がパパの切手帳の取引を邪魔したから。それで、継母はかっとなって私をぶったんです。もともと興奮しやすい人だったけど、今は……とにかく……異常なんです。口を開けば、お金のことばかり。でも、服や化粧品を買うためじゃありません。むしろ、前より身なりにかまわなくなったくらいで」

「理由はわかるかい？」

ミシェルは首を横に振った。「継母はお酒を飲みません。以前は毎晩飲んでいたけど、それで問題が生じるようになって。でも、一時的なことです。継母はすぐに立ち直りました」

キャッシュはうなずいた。「とにかく状況が悪化したら、私に知らせるように。いいね？」

「はい、署長。ありがとうございます」

電話が鳴りだした。

受話器を取ったカーリーがにんまり笑った。「奥様からです」

キャッシュの顔がほころんだ。「本当に？　これは一大事だ。私に映画スターから電話がかかってきた」彼の妻ティピーはスーパーモデルから女優に転身し、成功を収めた女性だ。「この電話は自分のオフィスで取るよ。ドアをちゃんと閉めてから」彼はわざとらしく眉をひそめた。「盗聴は禁止だ」

カーリーは胸に手を当てた。「誓ってしません」

「それも禁止だ。大げさすぎる」

カーリーは立ち去る上司の背中に向かって舌を突き出した。

「見たぞ」キャッシュは背中ごしに言い放つと、自分のオフィスに入ってドアを閉めた。

「ボスって面白いでしょう」カーリーが言った。黒っぽいショートヘアに縁取られた顔の中で、緑色の瞳がきらめいている。「採用面接を受けた時はすごく怖い人に見えたんだけど、あの調子で私に変な言いがかりをつけるのよ。彼の銃弾を隠したとか、彼がお風呂でファッション雑誌を読んでいるとみんなに言い触らしたとか」

ミシェルは笑った。

「ほんと、笑っちゃうわよね。戸棚に宇宙人に関するファイルをしまっているからのぞくなとか言うんだから」カーリーの微笑が穏やかなものに変わった。「でも、いざという時には頼れる人よ。私が知る中で一番タフな人。私が犯罪者だったら、彼を怒らせるような真似《まね》は絶対にしないわね」

「スピード違反の車をサンアントニオまで追いかけたこともあるんでしょう？」

「それは署長じゃないわ。前にここにいたキルレイブンよ」カーリーは身を乗り出した。「キルレイブンは本当はＦＢＩの秘密捜査官なの。これ、ここだけの話ね」

「誰にも言わないわ」ミシェルは約束した。

「署長の場合は――」カーリーは閉ざされたドアを顎で示した。「わざわざ海外まで出かけていって、逃走犯を袋に押し込み、マイアミ行きの船に乗せたのよ。そいつは麻薬カルテルの一員で、小さな町の保安官代理を殺して、アメリカと犯罪者引渡条約を結んでいない国に逃げ込んでいたの。まあ、アメリカの土を踏んだとたんに逮捕されることになったけど」彼女はほくそ笑んだ。「署長はそんな男には会ったこともないと断言したわ。浜辺にいたのが署長だったと証明できる人間もいなかった。だから、あなたもこの話は聞かなかったことにして。いいわね？」

「もちろん！」

カーリーは笑った。「で、私にお願いしたいことって何かしら？」

「仕事のあと、うちまで送ってもらいたいの」

「あと一時間は仕事があるけど……」

「今日じゃないわ」ミシェルはあわてて説明した。「月曜日からの話よ。さっきミネット・カーソンから仕事の誘いを受けたの。放課後と土曜日に働かないかって。でも私、車を持っていないし、運転もできないから、うちに帰る方法がなくて」

「じゃあ、私の車に乗ればいいわ。大歓迎よ」

「ガソリン代は私も負担させてもらうから」

「そうしてもらえると助かるわ。私の車を見たことある？」カーリーはうめいた。「うちのパパは車にうるさい人で、スピード違反をしないためには古いトラックが一番だと思い込んでいるの。だから、私に買ってくれた車も十二年落ちの車。だから、燃費が悪くて」彼女はかぶりを振った。「パパは年代物の車を運転しているわ。最高級のかっこいい車よ。でも、私には絶対に触らせてくれないの。信じられる？」

砂利を蹴散らしながら走り去ったブレア牧師の車を思い返して、ミシェルはにんまり笑った。私は車に関しては何も知らないけど、あの車に大きなエンジンが積まれていたことは確かね。

「あなたのパパにはうちの継母も形無しだったわ。私、継母のせいで教会に行けなかったの。でも、彼が継母に取りなして、あなたと一緒に行けるようにしてくれたの……」そこでミシェルは言葉を切り、頬を赤らめた。「あなたにしてみれば迷惑な話よね。私も運転できたらいいのに。私にも車があれば

「……」

「迷惑だなんてとんでもない」カーリーは微笑した。「同乗者がいたほうが私も心強いわ。ここからコマンチウェルズまでは裏道の連続でしょう。私は神経質なほうじゃないけど……前にパパがナイフで襲われたでしょう」彼女は視線を落とした。「私もあの場にいたのよ」

ミシェルも事件のことを思い出した。「一緒に空手を習いに行かない？　そうすれば、もし誰かが襲ってきても反撃できるわ！」

「それはお勧めできないね」電話から戻ってきたキャッシュが口を挟んだ。「格闘技の達人になるには長い時間が必要だ。その達人でさえ、武装した相手とは極力戦わないようにしている」

「広告では威勢のいいことを言ってますけど」カーリーはにやにや笑いながら指摘した。

「ああ、知ってる。でも、銃を持った敵を制圧することは有段者でも難しい」キャッシュは身を乗り出した。「ちなみに、私も段を持っているけどね」

「お師匠様！」カーリーは椅子から立ち上がり、深々と一礼した。

ミシェルも調子を合わせた。「私たちを弟子にしてください」

キャッシュは微笑した。「まあ、簡単な護身術程度なら教えてもいいよ。ただし、敵が武装していた場合は逃げろ。逃げられない時は大声で叫べ。たとえ殺すと脅されても、相手の車には乗るな。いったん車に乗ったら、もう助けは期待できない」

ミシェルは背中が寒くなるのを感じた。「わかりました」

カーリーは反射的に肩をさすった。彼女は武装した敵の怖さを知っていた。ナイフを持った犯人から父親をかばおうとして肩を刺されたからだ。犯人は逮捕された直後に死亡した。結局、彼女の父親が襲われた理由はわからずじまいだった。

「どうかしたの?」ミシェルが問いかけた。

カーリーは眉をひそめた。「パパを襲った男のことを考えていたの。牧師を襲うなんて、まったくどうかしてるわ!」

「私と一緒に連邦政府の留置場を訪ねてみるか? あそこにはそういう手合いがぞろぞろいるから。宗教がらみの口論が殺人に発展するのはよくあることだ。家族同士で殺し合うことさえある。だから、このオフィスでは誰も政治と宗教の話をしないのさ」

キャッシュは眉をひそめた。「とはいえ、もしここで人が死ねば、お祈りくらいはするだろう。大統領が私に会いに来れば、外交政策の話くらいはするかもしれない」

「大統領があなたに会いに来るですって?」ミシェルは無邪気に聞き返した。「いったいなんのために?」

キャッシュは唇をすぼめた。「もちろん、助言を得るためだよ。私には外交政策に関する妙案がいくつかあるからね」

「たとえば?」

「私はタヒチで宣戦布告するべきだと考えている」

女性たちはまじまじと署長を見つめた。

「そうすれば、向こうに軍隊を送れるだろう? タヒチで戦いたいと思う兵士がいるか? みずみずしい熱帯の花、ファイアダンス、美しい女性たち。そして、海……」

「タヒチに常備軍はいないはずですけど」ミシェルは指摘した。

「ますます好都合じゃないか。三週間ばかり占領して、対外援助すればいい。でも、君があちこちでこのアイデアを触れ回って、それが大統領の耳にまで届いたら、彼は私の話を聞きに来なくなるな。私がホワイトハウスに招待される可能性も消える」キャッシュはうなった。「リンカーン・ベッドルームに泊まるのが夢だったのに！」

「だったら、戸棚にしまってある宇宙人のファイルで大統領を釣ったらどうです？」カーリーは提案した。「きっと一目散に飛んできますよ！」

「それはどうかな」キャッシュはため息をついた。「大統領にそこまでの権限はない」

「権限？」カーリーは首を傾《かし》げた。

「大統領の任期は四年。再選されたとしても八年がせいぜいだ。だから、機密情報を扱う機関の連中は情報を外部にもらさない。特に、宇宙人に関する情報はね」キャッシュはくすくす笑った。

女性たちは彼の話を信じていいものかどうか戸惑いながらも一緒になって笑った。

ミシェルはミネットのオフィスへ引き返すと、いい知らせを伝え、改めて礼を言った。「グリヤ署長って本当にいい人ですね」

「それは相手しだいよ」ミネットは皮肉っぽく切り返した。「刑務所には、そう思わない犯罪者が何人もいるんじゃないかしら？」

「いますね、絶対」

「じゃあ、月曜日から始められるの？」

ミネットの問いかけに、ミシェルは笑った。「できれば昨日から始めたいくらいです」

ミネットも笑みを返した。「月曜日からで十分よ」

ミシェルは頭を悩ませた。残る問題はロバータだけど、アルバイトのことをどう切り出せばいいのかしら？「あの、一筆書いてもらえませんか？ 念のために」

「いいわよ」ミネットは自分のデスクに戻った。ミシェルの新しい立場を説明する文章を作成して印刷し、それに署名をして手渡した。「はい、これ」

「服装の規定はありますか？」ミシェルは広いオフ

イスを見回した。そこでは何人ものスタッフが仕事をしている。

「不潔でさえなければオーケーよ」ミネットはあっさりと答えた。「私も普段はジーンズとTシャツで走り回っているわ。政治的な集まりに出る時や政治家のインタビューに行く時は、それなりの格好をするけど。カメラの使い方も覚えてね。うちのはデジタルカメラばかりだから、そう難しくはないはずよ」

「刺激的な仕事ですよね」ミシェルの瞳が喜びにきらめいた。

「ええ、私もそう思うわ。私は今のあなたより若い頃からずっとこの仕事をしてきたけど」ミネットは愛情のあふれるまなざしで周囲を見やった。「私はここで育ったようなものよ。ここが私の我が家なの」

「楽しみだわ。私はニュースの取材だけをすることになるんですか？」

「最初は色々とやってもらうわ。この仕事の全体像を把握してほしいから。広告販売に原稿作成、紙面の割りつけ。あと、購読契約もね」ミネットは身を乗り出した。「うちの読者には学者が多いのかしら。サンスクリット語みたいな字を書く人がけっこういるんだけど」

ミシェルはくすくす笑った。「解読なら任せてください。私の父もひどい悪筆でしたから」

「たしか、お医者さんだったわね」

ミシェルの顔から笑みが消えた。「ええ、とてもいい医者でした」彼女は声を詰まらせ、涙を拭った。「すみません。まだ受け止めきれてなくて」

「そういうことには時間がかかるから」ミネットの声には純粋な同情があふれていた。「私は母と継父と継母を亡くしたわ。三人とも大好きだった。愛する人の死を受け止めるには、まず悲しみの期間を乗りきらなくてはならないわ。泣くのもいい薬よ」

「ありがとう」

「話し相手が必要な時は私に言って。いつでも歓迎するわ。昼でも夜でも」

ミシェルの目からまた涙があふれた。「なぜそこまで優しくしてくれるんですか?」

「あなたの気持ちがわかるから」

電話が鳴り、スタッフの一人が声をあげた。「ボス、町長から電話です」

ミネットは顔をしかめた。「折り返しの電話だから、出ないわけにはいかないわね。今、新しい水道システムについて取材を進めているの。きっといい記事になるわ」

「じゃあ、月曜日の放課後にうかがいます。本当にありがとう」

「どういたしまして」


ミシェルは夢見心地で帰宅した。ようやく光が見えた気がする。だが、浮かれていられたのは私道に停《と》められた継母の車を見るまでだった。すでに夕食の時間だというのに、私はまだ料理を始めてさえいない。きっとただではすまないだろう。

案の定、家に入ってきたミシェルを見るなり、ロバータは両手を振りかざした。「いったいどこで油を売ってたの? 料理はあんたの仕事でしょ?」

ミシェルは唾をのみ込んだ。「ちょっと……町に……」

「町で何をしてたの?」

「仕事探しを」

「仕事探し?」ロバータは顔をしかめた。目の焦点が合っていない。「私は送り迎えなんてしないわよ!」

「それは自分でなんとかするわ」

「仕事探し? うちの仕事をほったらかして? 洗

濯は誰がやるのよ？　掃除は？　料理は？」

　ミシェルは舌を噛み、本音をのみ込んだ。「昼食代を稼ぐためよ」

　ロバータは一瞬きょとんとしてから目を逸《そ》らした。自分が昼食代はやらないと宣言したことを思い出したようだ。

「それに、秋から大学に行くつもりだから、少しでも貯金しておきたいの」

「私一人をこんな田舎に残して、自分だけ都会の大学に行こうってわけね」

「でも、高校はあと三カ月で卒業だし……」

「この家は売るわ」ロバータはわめいた。「反対しても無駄よ。売却はサンアントニオの仲介業者に頼むから。ここの連中はみんな、あんたの味方だもんね。だけど、これだけは誰にも邪魔させない。私には、お金が必要なの！」

　ロバータに切手帳を渡すべきかしら？　だとしても、結果は同じね。どのみち、彼女はこの家まで売ろうとするはずよ。ベティ・マザーズが言っていたでしょう。遺言書の検認には時間がかかると。もし私に守護天使がいたら、その時間を引き延ばしてくれるかもしれない。それに、検認がすんだとしても、買い手がつかない可能性だってあるわ。

　ミシェルは疑問を投げかけた。「こんな小さな町に引っ越したいと思う人がそうそういるかしら？」

「地元の誰かが買うかもしれないじゃないの。そこらの牧場の連中が」ロバータは不快げに吐き捨てた。

　その言葉がミシェルに希望をもたらした。地元の人なら、この家を私に貸してくれるかもしれない。家賃ならなんとかなるわ。ミネットのところで働けば。

　ロバータが顔を拭った。彼女はひどい汗をかいていた。

　ミシェルは眉をひそめた。「大丈夫？」

「大丈夫に決まってるでしょう。おなかが空《す》いてるだけよ！」

「すぐ夕食を作るわ」ミシェルは教科書を置くために自室へ向かった。だが、そこはひどい有様だった。引き出しが空になっている。クローゼットの服も床に放り出されている。彼女はぎょっとしながらも、さりげなく周囲を見回した。これはロバータの仕業ね。でも、クローゼットの板は元のまま。ということは、切手帳は見つからなかったんだわ。

廊下に出ると、継母が腕組みをして立っていた。

ロバータはがっかりしていた。ミシェルが真っ先に切手帳の隠し場所を確かめることを期待していたからだ。でも、この子は確かめなかった。つまり、切手帳はここにはないってことよ。この子は本当に警察署長にあれを預けたんだわ。

ミシェルは継母の視線を受け止めた。「当ててみせましょうか。犯人はリスね。違うかしら？」

ロバータは継娘《ままむすめ》の肝の据わった態度に思わず吹き出した。かぶりを振りながら、顔を背ける。「私がやったのよ。切手帳がここにないことを確かめたくて。でも、あんたの話はほんとだったみたいね」

「ロバータ、もしそんなにお金が必要なら、あなたも仕事をしてみたら？」

「前はやってたわよ。販売の仕事を」ロバータの言葉は嘘ではなかった。かつて彼女はサンアントニオでも一、二を争う有名百貨店の化粧品売り場に勤めていたのだ。「でも、あの仕事に戻る気はないわ。この家を売ったら、ニューヨークかロサンゼルスに行って、いい男を見つけるの。金持ちぶった男じゃなくて、本当に金のある男をね」

「バートは？」ミシェルは尋ねた。「彼はそのことを知っているの？」

ロバータの目が怒りでぎらついた。「もし彼に告げ口したら……」

ミシェルは両手を掲げた。「私には関係ないことだわ」

「当たり前でしょう！　早く食事を作ったら？」

「そうね」ミシェルはうなずいた。それから、穏やかな口調で付け加えた。「でも、まずは部屋を片付けなきゃ」

ロバータの顔が赤く染まり、体が震えだした。そして、苦しげに息を吸い込んだ。「早く……あれを……」彼女はぶつぶつ独り言をつぶやくと自分の部屋に入り、ドアを閉めた。

二人は一緒に夕食を囲んだ。しかし、ミシェルはほとんど味を感じなかった。ロバータはスプーンを動かす間もファッション雑誌を読んでいる。

不意にロバータが問いかけた。「あんた、どこで仕事を探したの？　誰があんたみたいな子供を雇おうっていうの？」

「ミネット・カーソンよ」

雑誌のページをめくっていたロバータの手が止まった。「あんた、新聞社で働くつもりなの？」

「ええ。大学でもジャーナリズムを学びたいの」

ロバータは怯《おび》えた表情になった。「私は反対よ。ほかの仕事を探したら？」

「いやよ。新聞記者になることが私の夢なの。これはその第一歩よ。それに、大学進学に備えて貯金をしておかないと。あなたが学費を出してくれるなら話は別だけど……」

「ふん！　誰が学費なんか出すもんですか！」

「やっぱりね。公立の大学に行くにしても学費はいるのよ。本を買うお金も必要だわ」

「新聞なんて紙ゴミじゃない」ロバータは決めつけた。呂律《ろれつ》が回っていない。手の動きも遅く、また汗をかいていた。

「新聞は社会の公器よ」ミシェルは反論した。「大衆の目であり、耳でもあるの」

「自分には関係ないことに首を突っ込む、お節介な連中よ！」

首を突っ込まれて困るのは、後ろ暗いことがある人だけだと思うけど。ミシェルはその言葉をのみ込み、皿に視線を落とした。

ロバータは紙ナプキンで汗を拭った。顔が紅潮している。意識も朦朧《もうろう》としているようだ。

「病院に行くべきだわ」ミシェルは忠告した。「インフルエンザもまだ流行《はや》っているみたいだし」

「私は病気じゃないわ」ロバータは言い返した。「それに、私の体調はあんたには関係ないことよ！」

ミシェルは顔をしかめ、無言でミルクを飲んだ。

「ここは暑いわね。暖房を効かせすぎよ！」

「温度設定は二十度よ」ミシェルは驚きの声をあげた。「それより高くはできないの。燃料代が払えなくなるから」お金はロバータがアランとの共同口座からいやいや出していたが、実際に請求書を処理しているのはミシェルだった。夫を亡くして以来、ロバータはすべてを継娘に丸投げしていたのだ。

「とにかく暑いの！」ロバータは椅子から立ち上がった。「ちょっと外に出てくるわ。ここじゃ息もできないから」

ミシェルは訝《いぶか》しげに継母の背中を見送った。最近のロバータは変よ。すぐに息を切らすし、いつも赤い顔をしている。それに、手が激しく震えることもある。まるで酔っ払いみたい。でも、原因はお酒じゃないわ。この家にお酒は一滴もないもの。たぶんインフルエンザね。あんなに具合が悪そうなのに、どうして病院に行かないのかしら？

その時、玄関ポーチのほうから大きな音が聞こえた。何かがぶつかったような音だった。

4

ロバータがまた癇癪《かんしゃく》を起こして、椅子を壁に投げつけたの？

椅子から立ち上がり、ポーチに向かったミシェルは、ドアを開けたところで立ちすくんだ。ポーチに継母が倒れていたからだ。ロバータは仰向けに横たわり、ぜいぜいとあえいでいた。怯《おび》えた表情で、目をかっと見開いている。

「安心して。すぐ救急車を呼ぶから！」ミシェルは家の中に駆け込んだ。電話をつかむと、緊急通報の番号を押しながらポーチへ戻った。

「痛い！」ロバータが顔を歪《ゆが》めてうなった。「痛い……痛い！　ミシェル！」

ロバータは手を差し出した。ミシェルはその手をとらえ、力づけるように握りしめた。

「ジェイコブズ郡の緊急通報センターです」受話器の向こうから穏やかな声が聞こえた。「どうしました？」

「ミシェル・ゴドフリーといいます。継母が痛みを訴えています。呼吸が浅くて、意識も朦朧《もうろう》としているみたいです」

「すぐ救急車を向かわせます。電話は切らないでください」

「はい」

「助けて」ロバータがすすり泣いた。

ミシェルは継母の手をさらに強く握った。「大丈夫よ。救急車がこっちに向かっているから」

「バート……」ロバータはうめいた。「バートのせいよ！」

「動いちゃだめ」ミシェルは起き上がろうとする継

母を止めた。「じっとしてて」

「殺してやる……あいつを!」

「ロバータ、動かないで」

「痛い、痛い、痛い!」ロバータは泣き声で訴えた。

「胸……胸が!」

遠くからサイレンの音が聞こえてきた。

「もうすぐ到着しますよ」電話のオペレーターが告げた。「あと二、三分です」

「ええ、聞こえます」ミシェルは答えた。「継母が胸が痛いと言ってます」

オペレーターはその情報を別の誰かに伝えたようだった。

その時、カーブの向こうから救急車が現れた。

ロバータの手は冷たく汗ばんでいた。「ごめんなさい……」彼女は青ざめた顔でつぶやいた。「あいつは言ったのよ――純度が低いって。嘘《うそ》じゃないって。それなのに……。あの男――バートに報いを……」ロバータはまぶたを閉じ、身を震わせた。ミシェルにすがっていた手から力が抜けた。

救急車が私道で停《と》まった。一組の男女がそこから飛び出し、ポーチへ駆け上がってきた。

彼らに場所を譲ると、ミシェルは涙ぐみながら説明した。「継母は胸が痛いと言っていました。そして息が苦しそうでした」ロバータは優しい継母じゃなかった。最近は私に意地悪ばかりしていた。でも、どんなに意地悪な人間でも、これほど苦しんでいる姿は見たくない。「大丈夫なんでしょうか?」彼女の問いかけは無視された。

救命士たちは心肺蘇生《そせい》を試みていた。一人が救急車に駆け戻り、電極パッドを持ってきた。彼らはその装置を使って、ロバータの心臓を再び動かそうとした。一度、二度、三度。電気ショックと心臓マッサージを続けながら、病院の医師に連絡を取った。

数分後、男性の救命士が女性の救命士に視線を投げ、首を左右に振った。立ち上がり、ミシェルに向き直る。「残念です」

「残念？　残念って……」ミシェルはポーチに横たわる継母を見下ろした。ロバータはぴくりとも動かなかった。顔には血の気がなく、表情も消えている。

「それは、つまり……」

救命士たちはうなずいた。「これから検視官に連絡します。ここは市外なので、郡の保安官事務所にも知らせます。彼らの仕事がすむまで、ご遺体は動かせません。葬儀業者には、あなたが連絡しますか？」

「ええ、はい」ミシェルは髪を背中に押しやった。信じられない。ロバータは死んだの？　どうしてこんなことになったの？　呆然《ぼうぜん》と突っ立っている彼女を横目に、救命士たちは引き揚げる準備を始めた。

女性の救命士が気遣わしげに声をかけた。「検視官が到着するまで、あなたに付き添ってくれそうな人はいるかしら？」

ミシェルはぼんやりと相手を見返した。彼女はショックを受けていた。ロバータは死んだのだ。彼女が見ている前で。

その時、一台のピックアップトラックが私道に入ってきた。トラックは救急車を通り過ぎたところで停まり、中から背の高い男が降り立った。彼はまず男性の救命士と言葉を交わし、それからポーチに上がってきた。

男は無言でミシェルを抱きしめた。

ミシェルは声をあげて泣きだした。

「彼女の面倒は僕が見ます」男は女性の救命士にほほ笑みかけた。

「よかった」女性の救命士は胸を撫《な》でおろした。

「彼女には色々と手配しなければならないことが……」

「それも僕がやりましょう」

「保安官事務所にはすでに連絡しました。検視官もまもなく到着するはずです」

救命士たちの仕事は終わった。サイレンとともに到着した救急車は静かに姿を消した。

ミシェルは深々と息を吸った。石鹸《せっけん》とコロンと革の匂い。ガブリエルの匂い。彼女は大きな体にしがみつくと、思いきり泣いた。


最初にやってきたのは検視官だった。続いて、保安官事務所のザック・トールマンも到着し、玄関ポーチで作業に取りかかった。ミシェルはそのことに気づいていたが、外には出なかった。もう一度継母の遺体を見る気になれなかったのだ。

男たちの話し合う声が聞こえ、カメラのシャッター音が響いた。ロバータの写真を撮っているのね。ミシェルは身震いした。どうしてこんなことになったの？ロバータは食事をしていただけなのよ。そ

れが暑いからという理由で外に出て、いきなり倒れて命を失った。とても現実とは思えないわ。

数分後、検視官の車が走り去り、ガブリエルとザック・トールマンが家に入ってきた。ザックは長身瘦躯《そうく》のハンサムな男性だった。ガブリエルと同じ黒い瞳をしていたが、年齢は上に見えた。

「検視官の見立ては心臓発作だ」ザックがしゃべっていた。「それでも、検視解剖はせざるをえないな。これは突然死のケースだから」

「ヘイズから聞いたが、ヤンシー・ディーンがフロリダに戻ったそうだね」ガブリエルが言った。「彼は保安官事務所でただ一人の調査員だったんだろう？」

「ああ」ザックはうなずいた。「だから、ヘイズに頼み込んで、僕がヤンシーのあとを引き継いだ。調査員はいいぞ」

「給料は上席代理とそう変わらないはずだが」ガブリエルはからかった。

「給料はね。でも、調査員はセミナーを受けられる。法人類学者や昆虫学者の話も聞けるし、好きなだけ捜査ができる」ザックは笑った。「実は前からヤンシーのポストを狙っていたんだ。別に彼の仕事ぶりに文句があったわけじゃないよ。彼は優秀な調査員だった。でも、フロリダの両親は彼を必要としていたし、デイド郡の保安官事務所も彼の復帰を望んでいたからね」

「じゃあ、双方にとっていい結果になったわけだ」

「そう、めでたしめでたしさ」キッチンからリビングルームへやってきたミシェルを見て、ザックは表情を改めた。「大変だったね、ミシェル。お父さんが亡くなったばかりなのに、今度は義理のお母さんまでこんなことになって」

「ありがとう、ミスター・トールマン。本当に私、どうしたらいいのか……」ミシェルはかぶりを振った。「そうだわ。葬儀業者に連絡しないと」

「それは僕がやろう」ガブリエルが申し出た。

「ありがとう」ミシェルは礼を言った。

「どういう流れでああいうことになったのか、話してくれないか？」ザックが問いかけた。

「ええ」ミシェルは詳しい経緯を説明した。ロバータが暑いと言ってポーチに出たことも。死ぬ間際にバートの名前を口にしたことも。

ザックはそこで彼女の言葉を遮り、眉をひそめた。

「彼女の部屋が見たいな」

ミシェルは継母の部屋へ案内した。室内は散らかっていた。ロバータは自分が落としたものさえ拾わない性分だったからだ。ミシェルはその乱雑さを恥ずかしく思った。

だが、ザックは表情一つ変えずに引き出しを次々と開けはじめた。ベッド脇のテーブルの引き出しを開けたところで、彼は動きを止めた。デジタルカメラで引き出しを撮影すると、手袋をはめて長方形のケースを取り出し、指紋を採取した。それからケースの蓋を開き、中に収まっていた白い粉の入った小瓶を撮影した。ザックはガブリエルに向き直り、視線を交わした。

「謎が解けてきたぞ。こいつはサンアントニオの科捜研で調べてもらおう。もっとも、その正体と出所はおおよそ察しがついているが」

「なんなの？」ミシェルは尋ねた。

「有害なものだよ」ザックは答えた。

ミシェルはそこまで鈍くなかった。「麻薬ね。そうなんでしょう？」

「ハードドラッグだ」

「だから様子がおかしかったのね。サンアントニオに住んでいた頃、ロバータはお酒ばかり飲んでいたの。でも、お酒はパパがやめさせたわ。ここには一滴のお酒もなかった。それなのに、彼女は気分の浮き沈みが激しくて。私に手を上げることも……」ミシェルは唇を噛《か》んだ。

「周囲の人間まで苦しめる」ザックは重々しい口調でつぶやいた。「それが依存症の怖さだ」

キッチンに戻ると、ザックはミシェルから継母の最近の様子について聞き出した。ロバータがバート・シムズに会いにサンアントニオまで出かけていたこと。彼女が死に際に言ったこと。ザックはそのすべてを書き留め、ミシェルにも書類を渡して、今夜の出来事に関連した情報を記入させた。

ザックは玄関ポーチ――ロバータが亡くなった場所の写真を撮り、彼女の部屋についても詳細を記録した。しかし、家全体を捜索することはしなかった。ロバータの死因はあくまで麻薬の過剰摂取による心臓発作であり、ここで犯罪がおこなわれたわけではないからだ。

「バート・シムズが証拠隠滅のためにここに来る可能性もある」ザックはミシェルに言った。「君一人でこの家にいるのは危険だな」

「それは僕に任せてくれ」ガブリエルが微笑した。

「誰一人、彼女には近づかせない」

「そう来ると思った」ザックはにやりと笑った。

ガブリエルは咳払《せきばら》いをした。「もちろん、お目付役も一緒だ」

「わかってる」ザックはガブリエルの背中をぽんとたたくと、ミシェルにうなずきかけた。「こんなことになって本当に残念だよ」

「ええ」ミシェルは悲しげにうなずいた。

ミシェルがコーヒーを用意する間に、ガブリエルは妹に電話をかけた。彼はフランス語を使っていた。ミシェルはそのことに気づいたが、彼女の語学力では〝私の兄は茶色のスーツを持っています〟といった文章よりも難しいフランス語は理解できなかった。

ガブリエルは声をひそめ、早口で話した。妹の返事に耳を傾けてはまた話し、〝セ・ビアン〟という言葉で電話を締めくくった。

「今のはフランス語ね」

「ああ」ガブリエルはテーブルに着き、目の前に置かれた白いマグカップをもてあそんだ。

ゴドフリー家には上等な陶磁器のカップもあった。アランと結婚したばかりの頃、ロバータがどうしても欲しいと言い張ったからだ。しかし、ガブリエルには気取った陶磁器よりもマグカップのほうがはるかに似合っているように思えた。ミシェル自身もマグカップを愛用していた。目覚めの悪い彼女にとって、朝のコーヒーはなくてはならないものだった。

ミシェルはコーヒーを注《つ》いでから言った。「こんなことになるなんて、今朝起きた時は想像もしていなかったわ」ガブリエルがクリームと砂糖を断ると、彼女は微笑した。彼女もコーヒーはブラック派だったのだ。

「人生には曲がり道があるんだよ。自分では真っ直《まっす》ぐ進んでいるつもりでも」ガブリエルは薄い笑みを浮かべた。「君が継母とうまくいっていなかったことは知っている。それでも、彼女は君の家族だった。家族を失って、つらくないわけがない」

ミシェルは鋭い指摘に驚きながらもうなずいた。

「ええ。パパと付き合いはじめた頃のロバータはいい人だったのよ。私と一緒に買い物に行ったり、料理のレシピや化粧品のことを教えてくれたりして」

ミシェルは顔をしかめた。「でも私、化粧はしたことがないの。白粉《おしろい》の感触が苦手で。それに、べたべたの化粧品で目や口を汚すのもいやだわ」視線を上げた彼女はガブリエルの奇妙な表情に気づいた。

「こんなことを言うと、変わり者だと思われそうだけど……」

ガブリエルは笑ってコーヒーをすすった。「いや、僕はそのほうがまともだと思うよ」そこで言葉を切ると、彼は数秒ほどミシェルを観察した。「君に化粧は必要ないね。化粧をしなくても十分きれいだ」

ミシェルはまじまじと彼を見返した。

「ミシェル、マ・ベル」彼は低い声でつぶやき、笑みを浮かべた。

ミシェルの頬が赤く染まった。心臓が轟《とどろ》き、全身が激しく震えた。ガブリエルはきっと私の動揺に気づいているわね。でも、いいわ。こんなにゴージャスな人に、きれいと言ってもらえたんだもの。彼女はだらしなく相好を崩した。

「ごめん」ガブリエルは言った。「つい考えが口に出てしまった。でも、君を口説くつもりはないよ。今はその時じゃない」

「あなたは予定を決めて行動するタイプなの？」ミ

シェルは目を丸くして尋ねた。「私、その方面の知識がなくて。前に私にキスしようとした男の子から鼻を折られかけたことがあるの。それ以来、デートは一度もしなかったわ。中学のダンスパーティまでは」彼女は身を乗り出した。「彼は内気で優しい人だった。自分がゲイであることを打ち明けて、私をパーティに誘ったの。だから、私はオーケーしたのよ。ゲイの人ならキスをしようとして私の鼻を折ることは……。なんで笑っているの？」

「臆病者だな」ガブリエルはにやにや笑いながらじった。

「そうね。私は臆病者かも。でも、彼は本当にいい人だったのよ。彼がゲイだということは一部の生徒しか知らなかった。でも、フットボール部に彼をいじめるやつが二人いたの。彼はその二人を怖がっていたわ。だから、女の子とダンスに行けば、いじめられなくなるかもしれないと考えたのよ」

「で、いじめはやんだのか？」

「ええ。でも、彼が私とダンスに行ったからじゃないわ。ダンスの最中に、いじめっ子の一人が彼にひどいことを言ったの。ちょうど飲み物のテーブルが近くにあって、私、大きなグラスにパンチを注いで、そいつの顔にぶちまけてやったのよ」ミシェルはにんまり笑った。「当然騒ぎになって、体操のコーチがやってきた。そのコーチにはゲイの弟がいたの。彼は私に言ったわ。次はピッチャーごとぶちまけてやれって」

ガブリエルは吹き出した。「現代的な問題に対する君の姿勢は実に……ユニークだ。でも、ここは小さな町だからね」

「小さな町だから、自分と違う人間は黴菌《ばいきん》扱いしろっていうの？」

「そういうわけじゃない。ただ、小さな町には色々とあるだろう？」

「ここにそんな偏屈な人はいないわ。あ、でも、グリヤ署長はそうかも」

ガブリエルは目をしばたたいた。「警察のグリヤ署長？」

ミシェルはうなずいた。「彼はよその星から来た人々にひどい偏見を持っているのよ。宇宙人は我々の牛を狙っている、いつか我々を乗っ取るつもりでいる、なんて言うの。家畜の変死は宇宙人のミルク中毒が原因で……。あなた、また笑ってるわね」

ガブリエルは涙を拭った。彼はめったに笑わない男だった。ユーモアとは無縁の過酷な人生を送ってきたせいだ。だが、ミシェルと話していると、心が軽くなり、楽しいとさえ思えた。

「署長の言いたいことはわかった」

「偏見の塊よ」ミシェルは糾弾した。

笑いすぎたガブリエルは、椅子から転げ落ちそうになった。

ミシェルは冷たい手でマグカップを握った。「本当は冗談を言っている場合じゃないのよね。ロバータが亡くなって……」灰色の瞳が涙で潤んだ。「パパが亡くなってから、私たちは喧嘩《けんか》ばかりしていたわ。でも、ロバータは私に手を差し出したの。ひどく怯えた様子で。そして、ごめんなさいと言ったの。バートのせいだとも言ったけど、あれは意識が朦朧としていたせいかしら？」

「僕はそう思わないね」

「なぜ？」

「今はまだなんとも言えないが」ガブリエルは表情を改めた。「君には、ほかに家族はいないのか？」

ミシェルは首を左右に振り、周囲を見回した。

「でも、私一人でもここにいられるわよね？　私はもう十八歳だし……」

ガブリエルは眉をひそめた。「僕は十七歳だと思っていた」

ミシェルはカレンダーに目をやり、顔をしかめた。「十八歳になったわ。今日が私の誕生日なの」でも、私はそのことに気づいてさえいなかった。今日は色々なことがありすぎたから。彼女の頬を涙が伝った。「こんな誕生日になるなんて」

ガブリエルは彼女の手を握った。「親戚は？」

ミシェルはまた首を振った。「私には誰もいないの」

「それは違うよ。君には僕がいる」ガブリエルはきっぱりと言った。「それに、サラも今こっちに向かっている」

「あなたの妹さん？」

ガブリエルはうなずいた。

「その人がうちに泊まってくれるの？」

「いや。君が僕のうちに泊まるんだ。妹と一緒に。僕一人の家に泊まったら、君の評判に傷がつく」

「でも……私たちは赤の他人よ」

「もう他人じゃない」ガブリエルは微笑した。「僕は君に継父の話をした。今まで誰にもしなかった話を。君もそのことはサラに言わないでくれ」

「もちろん言わないけど」ミシェルは黒い瞳を探った。「なぜあなたがそこまでしてくれるの？」

「僕以外に誰がいる？」

確かにそうね。私には誰もいないわ。親友のエイミーは去年の夏、一家でニューヨークに引っ越していった。エイミーとは今でも友達よ。彼女の両親なら私を引き取ってくれるかもしれない。でも、私はニューヨークには住みたくないわ。五人も子供がいる彼女の両親に余計な迷惑をかけたくないもの。

「地元の児童施設には入れないと思うよ」ガブリエルはからかうような口調で続けた。「君は牛の熱烈なシンパで、過激な思想の持ち主だから」

ミシェルは小さく笑った。「そうね」

「高校を卒業したら、大学に進むんだろう？　それまではうちにいればいい」

「でも、まだ入学できるかどうか……」

「どこを目指しているんだ?」

「サンアントニオのマリスト大学よ。あそこにはすばらしいジャーナリズムのプログラムがあるの」

ガブリエルは携帯電話を取り出し、どこかに電話をかけた。ミシェルは電話の相手に気づき、唖然《あぜん》とした。彼は笑いを交えながら話を続け、最後に礼を言って電話を切った。

「あなた、州知事に電話したの?」

「ああ。彼は大学の大先輩でね。マリスト大学の理事でもある。君は正式に入学を認められた。近々通知が届くはずだ」

「でも、まだ成績表も提出していないのに!」

「入学までに提出すればいい。で、夏の予定は?」

「夏は……仕事かしら。ミネット・カーソンが雇ってくれたの。高校を卒業するまでのアルバイトだけど、夏も働かせてくれると思うわ。そうすれば、進学のための貯金もできるし」

「そっちは心配しなくていい」

「どういうこと?」

ガブリエルは肩をすくめた。「僕はここではトラックを運転しているが、サンアントニオにガレージ付きのアパートメントを持っていて、そこには最新型のジャガーXKEを置いている。これで僕の財政状況のヒントになるかな?」

XKE? XKEは知らないけど、ジャガーなら知っているわ。もし最新型だとしたら、その値段は……このあたりでなら家が買える金額よ。

「でも、私はただの他人よ」ミシェルは抗議した。

「それもじきに変わる。僕は裁判所に申請して、君の法定後見人になるつもりだ。その時はサラも含めた三人で裁判所へ行くことになる。君はドレスを着て、寄る辺ない哀れな少女のふりをしてくれ」ガブリエルは唇をすぼめた。「君には難しい注文だが、まあ、なんとかいけるだろう」

ミシェルは思わず笑った。

「そうすれば、君が学校を出るまで僕たち兄妹《きょうだい》で面倒を見られる」

「お世話になった分は、いつか必ず返すわ」

「その必要はない。ただ、僕のことは絶対に記事にしないでくれよ」冗談めかした口調だったが、ガブリエルの顔に笑みはなかった。

「そのためには事件をでっち上げなきゃね」ミシェルは笑った。

ガブリエルは何も言わなかった。彼には知られざる一面があった。もちろん、サラはそのことを知っている。だが、ミシェルにその一面を見せるつもりはなかった。

不安が彼の脳裏をかすめた。彼には敵がいた。彼に近しい者まで狙おうとする危険な敵が。サラが今まで無事だったのは、ワイオミングにある兄妹名義の牧場で暮らしていたからだ。これはミシェルだけでなく妹まで危険にさらす決断なのだろうか？

でも、ほかにどんな道があるだろう？　身寄りのない子供。継母が死んだ今、ミシェルはまさに天涯孤独の身の上だ。たとえ小さな町であっても、若い娘の一人暮らしには危険がつきまとう。それに、継母のボーイフレンドの動きも気になる。

ミシェルには黙っていたが、彼はすでにバート・シムズに関する情報をつかんでいた。バートは犯罪組織の一員だ。ミシェルの習慣を知っているうえに、彼女に目をつけている節もある。ガールフレンドを亡くした男が、次はその娘に手を出そうとしたら……。だめだ。それだけは許せない。

ガブリエルはぎょっとした。僕はミシェルが好きなのか？　女性として意識しているのか？　こっちは二十四歳、向こうはまだ十八歳なのに？　確かに彼女は美人だ。優しくて気立てがいい。でも、それは僕が普段避けているタイプだろう？　それに、彼女はまだ子供――羽の生え揃《そろ》わない雛鳥《ひなどり》だ。彼女に関心があったとしても、それは隠しておけ。少なくとも、彼女が大人になるまでは。大人になったあとは……それはその時に考えればいい。

とにかく、今は彼女を支えることに集中しろ。彼女が高校を卒業し、大学を出るためには何が必要なのか。そのことだけを考えるんだ。

サラから電話がかかってきた。飛行機のテキサス便が満席で、あと二日はこちらに来られないという。ガブリエルはバート・シムズのことを考えた。ミシェルを一人にするわけにはいかない。でも、彼女を男一人の家に泊めれば、彼女の評判に傷がつく。

ガブリエルは妹の到着が遅れることを伝えた。

彼のしかめ面を見て、ミシェルは指摘した。「私と二人になりたくないんでしょう」

「町の連中は君を高く評価している。その評価を落としたくないんだ」

「あなたは本当にいい人ね」

ガブリエルは肩をすくめた。「世間体は大事だろう。わざと人前で問題を起こして、それを吹聴《ふいちょう》する者もいるが」

「パパがよく言っていたわ。文明を支えているのは倫理観だ。倫理観を失えば、社会は荒廃すると」

「歴史に詳しかったんだね」

「ええ。最初に廃れるのが芸術。それから信仰が力を失い、倫理観が消え去る。そうなると、あとは崩壊まで一直線なんですって」

「何が正しいのか、僕にはわからない。僕自身は左右のどちらにも偏りたくないと思っている。人は自分に合った生き方をするべきだし、他者には他者の生き方があることを認めるべきだ」

ミシェルは満面に笑みを浮かべた。「やっぱり、あなたはいい人だわ」

ガブリエルはコーヒーを飲み干した。「問題は過去より現在だ。今夜、君をどうするべきか」

ミシェルはマグカップの中で冷めていくコーヒーを見つめた。「私は平気よ。一人でここにいられるわ」

「だめだ。ザックが言っていたように、バート・シムズが証拠隠滅のためにここに来る可能性もある」

ミシェルは笑顔を作った。「じゃあ、あなたがロバータの部屋に泊まったら？」

「もう一人いれば、それも悪くないが」ガブリエルは唇をすぼめた。「うん、ひらめいたぞ」彼はそう言うと、携帯電話を取り出した。

カーリー・ブレアは大きなバッグとともにやってきた。そして、ミシェルを抱きしめた。「かわいそうに。あなたが継母とうまくいってなかったのは知ってるわ。でも、こんなことになったら、やっぱりショックよね」

「ええ」ミシェルは涙を拭った。「ロバータは亡くなる前に謝ってくれたわ。それにもう一つ」彼女は眉をひそめ、ガブリエルに向き直った。「〝バートに報いを〟とも言ったけど、あれはどういう意味だったのかしら？」

ガブリエルは黒い目を鋭く細めた。「彼女はほかに何か言ったか？」

ミシェルはのろのろとうなずいた。「純度が低いと言われたとか、バートが嘘をついたとか」

ガブリエルは真顔で説明した。「小瓶に白い粉が入っていただろう。あれはコカインだ。通常コカインは何かと混ぜて、純度を下げた形で売られる。もし純度が高く、使用者がそのことを知らなかったら、命に関わることもあるんだ。バートは彼女に純度の高いコカインを渡した。彼女はそれを知らずに使用した。僕はそういうことだと考えている」

カーリーが目を丸くした。「あなたの継母は麻薬を使っていたの？」

「どうもそうみたい」ミシェルは答えてから、ガブリエルに視線を戻した。「バートはそのことを知っていたの？　ロバータを殺すつもりだったの？」

「それはザックが調べてくれるだろう」

「バートはロバータのことが好きなんだと思っていたのに」

「好きだったのかもしれないよ。彼女が客だからという理由だけだとしても」

ミシェルは唇を噛んだ。「だから、ロバータはあんなにお金にこだわっていたのね。ずっと不思議だったの。彼女は何も買わなかった。パパが生きていた頃のように、新しい服や高価な化粧品を買うこともしなかった。それなのに、いつもお金がないって言ってたの。お金を作るためにパパの切手帳まで売ろうとしたのよ」

「麻薬は金がかかる悪習だからな」ガブリエルはつぶやいた。

「でも……麻薬の売人がわざと客を殺したりするかしら？」

「ありえない話じゃない。客に脅迫されたとか、値段のことで揉《も》めたとか。仮に殺意がなかったとしても、バートはじきに大きなトラブルに巻き込まれることになるだろう」

「どうして？」

「すまないが、僕が言えるのはここまでだ。これは見た目以上に複雑な事件なんだよ」

ミシェルはため息をついた。「わかったわ。深追いはしない。でも、私が記者の卵だということは忘れないで。いつか私は取材のプロになるの。知りたいことはなんでも調べられるようになるのよ」

「怖いことを言うね」

「そうよ。私は怖いんだから」

ガブリエルはかぶりを振った。「うちに帰って、髭剃《ひげそ》りを取ってこないと。すぐに戻るが、ドアはロックしておけ。誰が来ても開けるな。もしバート・シムズが現れたら、すぐに僕に電話しろ」

「了解」

「よし」

ガブリエルがいなくなると、カーリーは座っていたソファの肘掛けから立ち上がり、ミシェルを抱きしめた。「残念だわ。こんなことになって」

ミシェルの目から涙があふれた。「来てくれてありがとう。あなたを危険な目に遭わせることにならないといいけど」

「大丈夫。私たちにはあの大男がついているじゃない。彼ってほんとにハンサムよね？」カーリーは大げさにため息をついてみせた。

ミシェルは涙を拭った。「ええ。彼は私の守護天使よ」

「たいした天使だわ」

ロバータの死に顔を忘れたい。日常を取り戻すには何をすればいいの？　考えてからミシェルは口を開いた。「私、お皿を洗うわ。あなたも手伝ってくれる？」

「もちろん！」

たが、返ってきたのは冷淡な答えだった。もともと妹とは折り合いが悪かった。妹が火葬にされようが土葬にされようがかまわない、自分には関係ないというのだ。結局、ガブリエルは火葬を選んだ。ブレア牧師の申し出で、遺骨は教会の墓地の一画に埋葬されることになった。

ブレア牧師はミシェルを引き取りたいとも言ってくれた。しかし、ミシェルは慣れ親しんだ環境から離れたくなかった。できることなら、ガブリエルのそばにいたかった。とはいえ、若い娘が男一人の家に泊まるわけにはいかない。コマンチウェルズは時が止まったような小さな町だ。そんなことをすれば、きっと白い目で見られるだろう。

ミシェルはカーリーと協力して夕食を作った。三人でその夕食を囲んでいた時に、ガブリエルが切り出した。「明日、サラが来るよ」彼はハッシュブラウンとステーキとサラダを味わいながら、頬を

5

ミシェルの部屋にはダブルベッドがあった。女性二人はそのベッドを使い、ガブリエルにはロバータの部屋のベッドを使ってもらうことになった。その前に、ミシェルはシーツを交換した。それから継母の部屋に散乱していた服を拾い集め、洗濯機に押し込んだ。きれいになった服はチャリティに寄付するつもりだった。派手好きなロバータとは服の趣味が合わなかったうえに、継母のお下がりを着る気にはなれなかったからだ。

翌朝、ガブリエルは地元の葬儀業者へ赴き、ロバータの葬儀を手配した。ロバータにはヴァージニア州に住む姉がいた。葬儀業者はその姉に連絡を取っ

緩めた。「二人とも料理が上手だね。特にハッシュブラウンは絶品だ」

「ありがとう」女性たちは同時に答え、声を揃《そろ》えて笑った。

「ハッシュブラウンは彼女の作品よ」カーリーはミシェルに笑顔を向けた。「私はこんなにうまくできないわ。どうしてもぐちゃぐちゃになっちゃうの」

「ママに教わったのよ」ミシェルは寂しげに微笑した。「ママは料理の名人だった。私も努力はしているけど、ママの足元にも及ばないわ」

「ガブリエル、あなたのご両親はどこにお住まいなの？」カーリーが無邪気に問いかけた。

ガブリエルの表情が強《こわ》ばった。

「デザートにチェリーパイを焼いたの」ミシェルはさりげなく話の流れを変えた。「パイに添えるアイスクリームもあるわ」

カーリーは真っ赤になった。遅ればせながら、自分の不作法に気づいたのだろう。彼女はむきになって調子を合わせた。「ミシェルのチェリーパイはこのあたりじゃピカイチなのよ」

ガブリエルは深呼吸をしてから、カーリーに笑顔を向けた。「気にしないで。確かに、僕は過去の話があまり好きじゃない。でも、それだけのことだ。君は何も変なことは言ってないよ」

「いいえ、私が悪いの。私、人前だと緊張して、しゃべりすぎるところがあって」カーリーはまた頬を赤らめた。「人付き合いがへたなのね」

ガブリエルは小さく笑った。「僕も同じさ」

ミシェルは片手を上げた。「私も」

「ありがとう。少し気が楽になったわ」カーリーは食事を再開した。「私、つい余計なことを言っちゃうのよ」

「誰だってそうだ」ガブリエルは言った。

「私は失言なんてしないわ」ミシェルはわざと横柄

に宣言した。「誰かを傷つけたり困らせたりするような発言は一度もしたことがないわ」

ほかの二人は唇をすぼめ、無言で彼女を眺めた。

「私は完璧なの」ミシェルは灰色の瞳をきらめかせながら続けた。「だから、どうして人がそんなミスをするのか、さっぱり理解できないわ」

カーリーがミルクのグラスをつかんで脅した。

「いいかげんにしないと……」

ミシェルはにんまり笑い返した。「わかったわ。でも、私がミスをしないってことだけは忘れないでね」

カーリーは目をくるりと回した。

ミシェルはポーチのステップに座り、星を眺めていた。肌寒い夜で、星がいっそうまばゆく見えた。冬には双眼鏡がないと見えなかった薄暗い彗星《すいせい》も、今夜は肉眼で確かめることができた。それが大気の影響であることは彼女にもわかっていたが、魔法を見せられているような不思議な気分だった。

背後のドアが開き、また閉じられた。

ミシェルは言った。「月曜日が怖いわ。学校で一騒ぎありそうで……。ねえ、本当にあなたに甘えていいの？　仕事のあと、車に乗せてもらっていいの？」

「それは君がどこに行きたいかによるね」聞こえてきたのは笑みを含んだ男性の声だった。

ミシェルはぎょっとして振り返った。「ごめんなさい。カーリーだと思っていたの」

「カーリーはクイズ番組を観《み》ている。それだけは絶対に見逃せないんだそうだ」

「あなたは？　クイズ番組は好きなの？」

ガブリエルは肩をすくめ、ミシェルの隣に腰を下ろした。彼は見事なビーズ細工を施した黒い革のジャケットを着ている。

「きれいね」ミシェルは色鮮やかな装飾にそっと指先で触れてみた。「こんなジャケット、見たことがないわ」

「カナダにいた頃からの愛用品だ」

「ビーズの細工がすてきだわ」

「あるブラックフット族の女性が僕のために作ってくれたんだ」

「まあ」ミシェルの胸がざわついた。考えたくないけど、その女性は彼の恋人だったのかしら？

「僕の親戚だよ」ガブリエルは目を逸《そ》らしたまま続けた。「もう六十歳になる」

「まあ」ミシェルは繰り返した。今度の〝まあ〟には、ばつの悪そうな響きがある。

ガブリエルは笑みをこらえ、彼女に視線を投げた。本当にまだ子供だな。何を考えているのか丸わかりだ。「君は若い男と経験を積むべきだ。僕には荷が重すぎる」

ミシェルは真っ赤な顔で立ち上がりかけた。

ガブリエルは彼女の手をつかみ、そっと引き戻した。「逃げるな。逃げることで解決できた問題はない。僕はただ事実をありのままに話しているだけだ。僕は誰とも付き合っていない。もう何年も前から。君は薔薇《ばら》でも蕾《つぼみ》の状態だ。ようやくほころびはじめ、空気と日差しに馴染《なじ》もうとしているところだ。僕は満開の薔薇のほうがいい」

「まあ」

ガブリエルはため息をつき、彼女と指をからませた。「その〝まあ〟は心を波立たせるね」

ミシェルは唾をのみ込んだ。大きな手の温《ぬく》もりが彼女の体に奇妙な感覚をもたらしていた。「そうなの？」

「ああ」ガブリエルは長々と息を吸った。「君が卒業するまで、僕たちは同じ家で暮らすことになる。もちろん、サラもいるし、僕は留守にすることが多いが。僕は仕事の関係で世界のあちこちを回っているんだ。ただし、僕が家にいる時は気をつけてほしいことがある」

「どんなこと?」

「寝間着姿で家の中を歩き回らないこと。寝間着を着るのは自分の部屋で寝る時だけにしてくれ。一人で夜更かしするのも控えてくれ」

ミシェルは目をしばたたいた。「なんだかマタハリになった気分だわ」

「スパイになった気分か? それにしても、例えが古いな」ガブリエルは笑った。

「じゃあ、魔性の女になった気分だわ」ミシェルは言い直した。「だけど私、寝間着は持ってないのよ。パジャマだって……」

「つまり、裸で寝るってことか?」ガブリエルはショックを受けたふりをした。

「ふざけないで」ミシェルはぶつぶつ言った。「私はスウェット派なの」

「ベッドでスウェット?」

「楽でいいじゃない。長い寝間着は体にまとわりついて、気持ちよく寝られないわ。パジャマもレースや刺繍《ししゅう》がついているものが多いでしょう。あれ、肌触りが悪いのよね」

「スウェットね」

リビングルームの窓からもれる光が、暗闇を照らす太陽のようにポーチを黄色く染めていた。その光を頼りに、ミシェルはガブリエルの手を観察した。彼はいい手をしているわ。大きくて力強い手。「あなたが知っている女性たちはフリルが好きなんでしょうね?」

誘導尋問か。その手には乗らないぞ。「君はデートはしないのかい?」

ミシェルの心臓がどきりと鳴った。「ええ。鼻を折られかけてからは一度も」

ガブリエルは小さく笑った。「ああ、その件があったね」

「うちの学校には、私みたいに古臭い考えの男の子があまりいないの。教会に通っている子はけっこういるけど、そのうちの二人はとんでもない不良で、ドラッグ・パーティに参加したりしているのよ。私はどこに行っても馴染めないの。正しい生き方を信じる両親に育てられたから」ミシェルはガブリエルに向き直った。「信念を持つのは悪いことなの？ 道徳を重んじるのは間違ったことなの？」

「それはカーリーのパパに訊《き》くべきだ」

「あなたは……神の存在を信じているの？」

彼女の手を包んでいたガブリエルの指がぴくりと動いた。「以前は」

「でも、今は信じていないのね？」

ガブリエルは大きく息を吸った。「わからないんだ、マ・ベル。自分が何を信じているのか。僕は君の理解を超えた世界で生きている。君には生き残れないような場所へ行っているんだ」

「あなたはどんな仕事をしているの？」

彼は乾いた声で笑った。「あと何年かしたら教えるかもしれない」

「わかったわ」ミシェルはうなずいた。「あなたは食人族ね」

ガブリエルの動きが止まった。「僕が……なんだって？」

「あなたは人に言えない仕事をしている。つまり、銀行員やトラックの運転手ではないということよ。もし私が仕事をしていて、そのことを世間に隠すとしたら、それは食人に関わる仕事だわ」

ガブリエルは吹き出した。「むちゃくちゃだな」

ミシェルはほくそ笑んだ。

ガブリエルは彼女の柔らかな指をさすった。「僕はあまり笑わない男なのに、君といると笑ってばかりだ」

ミシェルはくすくす笑った。「私は芸人になるべきかしら。あなたみたいな難物を笑わせられるなら、きっと成功できるわよね」

「君は記者になりたいんだろう？」

「ええ。私の最大の目標よ。でも、本当に新聞社で働けるようになるなんて、まだ信じられない気分だわ。私、カメラの使い方を教わることになっているの。携帯電話も持てるのよ。まるで夢みたい。私はミネットに奨学金の推薦状をお願いしただけなの。それなのに、彼女は仕事までくれて」ミシェルはかぶりを振った。「ほんと、夢みたいよね」

「それで、カーリーの車に乗せてもらうことにしたわけか」

「ええ。でも、ガソリン代は私も出すつもりよ」

ガブリエルはしばらく沈黙した。「仕事から帰る時は道に目を光らせろ」

「いつもそうしているわ。でも、なぜ？」

「ロバータのボーイフレンド——あれは危険な男だ。カーリーも父親がらみで狙われている可能性がある。だから、二人とも用心するべきだ」

「いったい誰がどういう理由で牧師を襲ったりするのかしら？」ミシェルはかぶりを振った。「わけがわからないわ」

ガブリエルは彼女に顔を向けた。「ミシェル、たいていの牧師はその前は別の何かだったんだよ」

「別の何か？」

「そう。言い換えれば、ブレア牧師は最初から牧師だったわけじゃない」

ミシェルはためらった。耳を澄ませ、カーリーが近くにいないことを確かめてから口を開く。「彼は以前は何をしていたの？」

「それは極秘事項だ。僕の口からは言えない」

ミシェルは大きな手を握った。「それを聞いて安心したわ。もし私があなたに秘密を教えても、ほかにもれる心配はないってことだもの」

「当然だ」ガブリエルは笑った。それから、静かに付け加えた。「君もそうしてほしいね。もし僕のうちで何か聞いても、よそでは言わないでほしい。といっても、君に理解できるような話はあまり聞けないと思うが」

「あなた、サラとフランス語で話していたわよね。ああいうこと？」

「そういうことだ」

「私も話せるのよ。〝私の兄は茶色のスーツを持っています〟というフランス語を。私に兄はいないけど、フランス語の教科書にそう書いてあったわ。とにかく、私にわかるのはその程度よ。語学は大好きだけど、覚えがいいほうじゃないの」

ガブリエルはわずかに肩の力を抜いた。彼が妹とフランス語で話したのは、ミシェルに知られないためだった。ミシェルは様々な問題を抱えている。だが、本人は知らないほうがいいのだ。今はまだ。

「明日はロバータの葬儀ね。サラはそれまでにこっちに着くかしら？」

「ああ、たぶん。空港まで彼女を迎えに行くよう、車を手配しておいたから」

「車？」

「リムジンだ」

「リムジン！」ミシェルはあんぐりと口を開けた。「政治家が乗っているあの長くて黒い車ね？　テレビではよく見るけど、私が実際に見たのは一度か二度だけよ。バスに乗っていた時、高速道路で見かけたの！」

彼女の興奮ぶりがおかしくて、ガブリエルはくすくす笑った。「リムジン会社には移動に利用できるセダンもある。僕も旅先ではよく使っているよ」

まるで別世界の話ね。私の世界にいるのは、壊れかけた古い車ばかり。リムジンなんて、内部をのぞいたことさえないわ。パパも言っていたでしょう。〝あれは実業家や政治家や映画スターが乗るものだ。一般庶民には関係ない〟って。もちろん、ガブリエルは一般庶民とは言えないわ。新型のジャガーを持っているくらいだもの。リムジンにだって乗れるはずよ。

「私、リムジンの中を見てみたいわ。サラがここに着いた時、見せてもらえるかしら？」

無邪気なもんだな。僕にもこんな初々しい時代が、これほど純粋だったことがあったんだろうか？　ミシェルは僕を買いかぶっている。実際以上に有能で魅力的な男だと思っている。できることなら、彼女の期待に応えたい。

少し間を置いてからガブリエルは答えた。「ああ。きっと見せてもらえるよ」

「見せてもらったら、日記に書かなきゃ」

「日記をつけているのか？」

「ええ。牛の誘拐事件を目撃するたびに記録しているの。夜の草地から現れた小さな男たちのこととか……」

「もういいよ」ガブリエルは笑った。

「本当はテストの成績や両親との思い出を書き留めているのよ」ミシェルは打ち明けた。「それに、その時々に感じたことも。ロバータとバートのことも書いたわ。二人とも最低だって」

「でも、ロバータはもういない。バートも今頃は高飛びの算段でもしているはずだ」

「どういう意味？」

ガブリエルは立ち上がり、彼女の手を引いて助け起こした。「その話はまた今度にしよう。クイズ番組はそろそろ終わったかな？」

「クイズ番組が好きじゃないのね」

「僕が好きなのはヒストリー・チャンネルとネイチ

ヤー・チャンネルだ。ミリタリー・チャンネルやサイエンス・チャンネルも観るよ」

「普通のテレビ番組は観ないの？」

「あれはテレビ番組じゃない。実験だ。番組の最中にCMをばんばん入れることで、注意欠陥障害が増えるかどうか試しているだけだ。僕は映画かDVDしか観ない。CM地獄に耐えられるほど面白い番組があれば別だが。第二次世界大戦の歴史や科学を扱った番組は好きだね」

ミシェルはうなずいた。「十五分のCMに五分の番組がおまけについているって感じよね」

「視聴者が暴動でも起こせば、この状況も変わるだろうが」ガブリエルは笑った。「僕はそこまで付き合う気はない」

「私も歴史は好きよ」

「昔、大きな戦争があって……」ガブリエルが大げさな表情で切り出した。

ミシェルは彼の腕をぶった。「チェリーパイとアイスクリームを食べたくないの？」

「今のは取り消す」

ミシェルはにんまり笑った。「じゃあ、食べてもいいわ」

ガブリエルは笑みを返し、彼女のためにドアを開けた。

ミシェルはドア口で足を止め、無言で彼を見上げた。映画スターのように端整な顔と、スポーツ選手と見紛《みまが》うほどの体を食い入るように見つめる。

「そんな目つきはやめてくれ」ガブリエルは訴えた。「君はほかに目を向けるべきだ。僕みたいな傷物じゃない誰かに」

ミシェルは顔をしかめた。「傷物だなんて。あなたほど完璧な人はどこにもいないわ」彼女は大胆に口走ってから頬を赤らめた。「でも、安心して。あなたに言い寄るつもりはないから。私、恋愛には興味がないの」

ガブリエルは笑った。「恋愛に興味なしか。今の言葉、忘れるなよ」

「いやな人」ミシェルは先に立って家の中へ入った。

ガブリエルは足が宙に浮いている気がした。何を舞い上がっているんだ？　相手はまだ子供だぞ。軽口をたたき合うくらいがせいぜいだ。でも、あと何年かしたら。彼女が大学を出るまで僕が生きていられたら。その時に何が起きるか、誰にわかるというんだ？


コマンチウェルズの共同墓地は、ジェイク・ブレアが牧師を務めるメソジスト教会の一画にあった。ロバータの葬儀はその墓地でおこなわれた。ブレア牧師は聖書を手に小さな墓穴のかたわらに立ち、死者を追悼する祈りの言葉を読み上げた。遺骨の入った壺《つぼ》はすでに墓穴に納められている。葬儀が終われば、脇に控えている葬儀社の男性がそこに土をかけることになっていた。

ガブリエルはミシェルに寄り添うように立っていた。濃紺のスーツを着た彼はいつも以上にハンサムに見える。強い風が彼の黒髪をかき乱し、ミシェルのまとめ髪からこぼれた後れ毛をなぶった。その後れ毛に目や口を打たれながらも、彼女は葬儀に集中しようとした。亡き継母に対してなんらかの感情を抱こうとしたのだ。

パパも最初はロバータを愛していたわ。バートが現れるまではまだよかった。最近は喧嘩《けんか》ばかり。ロバータは私をぶった。家まで売ろうとした。

でも、もう終わったのよ。今の私にはガブリエルがいる。ジャーナリストになる夢がある。だったら、前へ進みなさい。パパの死も、ロバータの死も乗り越えて。

サラからは葬儀に出かける直前に連絡があった。

電気系統のトラブルで飛行機が遅れたという。ミシエルは彼女に会うのを楽しみにしていた。ガブリエルの話から、優しい気さくな女性をイメージしていたからだ。

ブレア牧師は最後の一節を読み終えると、聖書を閉じ、うなだれて祈りを捧《ささ》げた。数分後、彼はミシエルに歩み寄った。ミシェルはガブリエルやカーリーと並んで立ち、葬儀に出てくれた地元の人々にお礼を言っていた。

「寂しいだろう」牧師は娘の手を握り、ミシェルに話しかけた。「どれほど自分と合わない相手でも、ともに暮らしていくうちに馴染むものだからね」

「はい。父は彼女を愛していました。たとえいっときでも彼女は父を幸せにしてくれたんです。でも、彼女は急に変わってしまいました。お酒に溺れていた時でさえ……」ミシェルは周囲を見回し、誰にも聞かれないように声をひそめた。「あんなに意地悪じゃなかったのに」

牧師がガブリエルと視線を交わした。

墓穴を見ていたミシェルはそのことに気づかなかった。「〝バートに報いを〟と彼女は言いました」

「まだ進行中の話だから、詳しいことは言えないが」ブレア牧師は答えた。「バートはいつか必ず己がしたことの報いを受けるだろう」

「彼は何をしたんです?」

「悪いことだよ」ブレア牧師は微笑した。

携帯電話を見ていたガブリエルが、牧師に笑顔を向けた。「あと一時間で妹が到着します。今夜からまた親子水入らずで過ごせますよ」

ブレア牧師は口元を緩めた。「ありがたいね。皿がきれいになるし、洗濯物も片付く。娘のおかげで、私は怠け者になってしまったようだ」親子は顔を見合わせて笑った。

「今夜はロールパンを焼いてあげる」カーリーが約

束した。

「参ったな。私は何もしてやれないぞ」

彼女は父親を抱きしめた。「パパは今のままでいいの。そのままでも世界一の父親なんだから」

「嬉《うれ》しいことを言ってくれるね」ブレア牧師は娘から離れ、ミシェルに声をかけた。「もし何か困ったことがあれば、私たちに知らせるんだよ。といっても、君には頼もしい味方がいるが」彼はガブリエルにほほ笑みかけた。

「少なくとも、彼女は安全ですよ」ガブリエルは含みのある視線を返した。「せっかく新しいロックを追加したんだから、ちゃんと使ってください。僕もあなたがいる暮らしに馴染んでしまったので」

ブレア牧師は顔をしかめた。「思い込みの激しい暴漢をロックや閂《かんぬき》で防げるか？　私は神の力を信じるよ」

「僕も同じです」ガブリエルは答えた。「でも、ベッドの脇には常に銃を置いています」

「アラーを信じよ。されど、汝《なんじ》のラクダはつなげ」

ミシェルは全員の視線を受けて、頬を赤らめた。「ごめんなさい。以前読んだ中東に関するノンフィクションに書いてあったの。筆者はフランスの外国人部隊の元隊員だったわ」

男たちはまたしても視線を交わした。

「私、そういう本が好きなの」ミシェルは真っ赤な顔で告白した。「犯罪物のノンフィクションとか、軍人の伝記とか、イギリスの特殊空挺《くうてい》部隊やフランスの外国人部隊に関する本が」

「おやおや」ガブリエルは笑った。

「ずっと守られて生きてきたから」ミシェルは墓穴に目をやった。葬儀業者の男性が少しじれた様子で土をかけはじめている。「もう行ったほうがよさそうね」

「ああ」ブレア牧師が微笑した。「気をつけて」

「ありがとう。とてもいい葬儀でした」ミシェルは礼を言った。

「そう思ってくれたのなら嬉しいよ」

ガブリエルはミシェルを連れて車に戻ると、まずゴドフリー家へ向かった。ミシェルはそこで普段着に着替え、宿泊用の荷物を用意した。それから、二人はガブリエルの家へ向かった。サラもそろそろ到着していい頃だった。

ミシェルは勝手にサラのイメージを膨らませていた。きっと黒髪に黒い瞳をした優しい笑顔の女性だわ。少女時代にいやな経験をしているから、性格は内気で引っ込み思案なんじゃないかしら。

しかし、ミシェルの予想は見事に裏切られた。リムジンから降り立った女性は背が高く美しかった。確かに長い黒髪と黒い瞳をしていた。ところが、彼女はその瞳に怒りをたぎらせ、運転手にとっとと失《う》せろと吐き捨てるように言った。

6

「すみません」運転手が頭を下げた。「まさか、あんなタイミングでトラックが来るとは……」

「ちゃんと見てないからよ！」サラは切り返した。「客を乗せて運転している最中に、携帯でメールを送るなんて！」

「もう二度としません。約束します」

「当然でしょう。この件は会社に報告しますから」

運転手がトランクを開ける間に、ガブリエルは前へ進み出た。妹の手からスーツケースを受け取り、運転手に鋭い一瞥《いちべつ》を投げる。

運転手はあとずさり、しどろもどろで謝罪した。

「本当に申し訳ありませんでした。もしよろしければ、ここにサインを……」ガブリエルの様子をうかがいながら、クリップボードを差し出す。そこにサラのサインをもらうと、運転手はリムジンに飛び乗り、逃げるように去っていった。

「プロ意識が足りないのよ」サラはむっつりと微笑してから兄を抱きしめた。「元気そうじゃないの」

「おまえもな」ガブリエルは表情を和らげた。「ますますきれいになった」

「それは兄の欲目よ」サラは軽やかに笑い、ミシェルに視線を転じた。無言で立ち尽くしていた彼女に歩み寄り、笑顔で抱きしめる。「あなたがミシェルね。私はひどい癇癪《かんしやく》持ちなの。あの男、運転しながらどこかの女にメールを送っていたのよ。そのせいで二人とも死ぬところだったんだから」

「無事に会えてよかったわ」ミシェルは抱きしめ返した。「あなたたちには本当に感謝しているの。私には……行くところがなくて……」

「でも、これで居場所ができた」ガブリエルがにんまり笑った。「それに、妹には気分転換が必要だったんだ。ずっとワイオミングで腐っていたから」

サラはため息をついた。「当たらずといえども遠からずね。でも、ブリティッシュ・コロンビアにいるよりはましよ。ケイトローの牧場は監督に任せてきたわ。ケイトローっていうのはワイオミング州の町の名前ね」ミシェルに向かって説明する。「私は乗馬が大好きなの。あなたは?」

「私はもう何年も馬に乗っていないわ」ミシェルは正直に答えた。「馬はちょっと苦手なの。振り落とされそうになるから」

「うちの馬たちはおとなしいよ」ガブリエルが言った。「みんな、君に懐くだろう」

「コーヒーが飲みたいわ」サラは広いランチハウスに足を踏み入れながら、ため息をついた。「私、空の旅は好きじゃないの。もうくたくたよ!」

「私は飛行機に乗ったことがないの」ミシェルは告白した。

サラは足を止め、まじまじとミシェルを見返した。

「一度も？」

「ええ、一度も」

「彼女はリムジンの中を見たがっていたんだ」ガブリエルは笑った。「それも見たことがないというんだ」

「私のせいね！」サラは叫んだ。「私が文句を言ったから……」

「あなたは当然のことをしただけよ」ミシェルは答えた。「これから先もチャンスはあるわ」

「そのチャンス、私が作ってあげる」サラはにっこり笑った。

学校ではしばらく落ち着かない日々が続いた。噂《うわさ》が飛び交い、あちこちでロバータの死因が取り沙汰された。ミシェルはある級友から言われた。

〝あなたの継母のボーイフレンド——あの男は有名な麻薬の売人よ。うちの学校にも、あいつから麻薬を買ってる子が少なくとも二人はいるわ〟

ロバータが死に際に口にした言葉の意味を、ミシェルはようやく理解した。新聞社で働きはじめたおかげで、麻薬ビジネスの実情も少しずつのみ込めてきた。

「あれは卑劣なビジネスよ」ミネットは語気荒く断言した。「子供たちが過剰摂取で命を落としても、あの連中は気にも留めない。金儲《かねもう》けのことしか頭にないの」そこで彼女はためらった。「まあ、なかには良心的な人間も……」

「良心的な麻薬の売人？」ミシェルは笑った。「それ、冗談ですよね？」

「真面目な話よ。あなたもエル・ヘフェのことは知っているわよね？」

「ええ、知ってます。カーソン保安官の救出に協力した人でしょう？」

「彼は私の父親なの」

ミシェルは目を丸くした。「あなたの……」

「ええ、実の父親よ。でも、私がそれを知ったのはごく最近のことなの。彼は最低かつ最悪の敵と縄張り争いを繰り広げていた。私とヘイズはその争いに巻き込まれてしまったの」

「まるでドラマみたい」

ミネットは笑った。「ほんと、ドラマみたいね」

「私の人生ももっとドラマチックだったらよかったのに。もちろん、いい意味でってことですけど」ミシェルは大きく息を吸い込んだ。「それで、このカメラはどういう仕組みになっているんですか？」宇宙船よりも複雑そうな道具を示して尋ねる。

「そんなに身構えなくても大丈夫よ。私が実演してみせるから」ミネットは実際にカメラを使ってみせた。

それがすむと、かかってきた電話に出た。

ミネットはミシェルを身ぶりで示しながら言った。

「新人記者が入ったの。彼女も連れていっていいかしら？　名前はミシェル……ええ、そう。じゃあ、決まりね。ありがとう！」送話口を手で押さえて説明する。「ベン・シンプソンはテキサス州水土保全委員会のジェイコブズ郡代表よ。地元の牧場主が天然芝と池の設置で郡の年間最優秀賞を取ったから、取材してほしいんですって。受賞はクリスマス前に決まったんだけど、肝心の受賞者が今まで国外にいたらしいの。あなた、情報をまとめてくれる？　それから受賞者の牧場に行って、天然芝をバックに本人の写真を撮ってきて」

ミシェルは身震いしたいのを我慢してうなずいた。

「はい」

ミネットはにんまり笑った。「ファイト！」

ミシェルは真面目に授業のノートを取るタイプだった。学校の成績がいいのも、こうした几帳面《きちょうめん》な性格のおかげだ。彼女は固有名詞の綴《つづ》りを一つ一つ確認しながら、情報を二枚の紙にまとめた。それから、受賞者の写真を撮りに行く日時を決めた。

電話を切ったミシェルは、ドア口に立っていたミネットに不安げに尋ねた。「私、ちゃんとできてましたでしょうか？」

「文句なしよ。私も別の電話で聞いていたの。念のためにメモも取ったわ。あなたが記事を書いたら、私のメモと比較してみましょう」

「ありがとうございます！　実は、ものすごく心配していたんです」

「大丈夫。あなたならうまくやれるわ。さっそく取りかかって」ミネットはデスクのパソコンを示して微笑した。「あなたは人当たりがいいし、声にも魅力があるわ。この仕事ではかなりの武器よ」

「そう言っていただけると光栄です」

「記事を書きなさい。文章は短く簡潔に。大げさな表現はだめよ。わからないことがあったら、私に訊《き》いて。表のオフィスにいるから」

ミシェルは改めて礼を言おうとした。だが、それでは話がくどくなるだろう。だから、笑顔でうなずくだけにした。

ミシェルは書き上げた記事をミネットに見せた。ミネットが記事と自分のメモを比較する間、ミシェルは歯を食いしばって立っていた。

「あなたは天性の記者ね」ミネットは言った。「いい記事よ。私でもこれほどうまくは書けないわ」

「ありがとうございます！」

「今日はここまで。もう五時よ。カーリーの暴走が始まる時間だわ」

ミシェルは笑った。「じゃあ、また明日。明日は牧場主の撮影に行くんですよね？」

「ええ」

ミシェルは唇を噛《か》んだ。「でも私、運転免許証を持っていないんです。車はありますけど、あれはロバータの車で、私が勝手に使うわけには……」

「私が乗せていくわ」ミネットは言った。「ついでに州政府や連邦政府のオフィスに寄って、私の情報源たちにあなたを紹介してあげる」

「楽しみだわ！　ありがとう！」ミシェルはほっとして声をあげた。

「それから、もう一つ」

「なんです？」

「今回の取材記事はあなたの署名入りで出すわよ」

ミシェルは息をのんだ。「私の初めての記事……。感激だわ！」

「感激するのは早いんじゃないの？　勝負はこれからよ」ミネットはにんまり笑った。「じゃあ、楽しい夜を」

「今夜はサラがラザニアを作ってくれるんですよ。私、あれが大好きなの」

「サラ？」

「ガブリエルの妹さんです。すごくきれいな人」ミシェルはかぶりを振った。「あの兄妹《きょうだい》は私の恩人です。二人がいなかったら、私は卒業までここにいられませんでした」

「それは違うわ。あなたは私のうちに来ることもできた。キャッシュ・グリヤもあなたを引き取る気でいたのよ」

「みんな、気にかけてくれているんですね」ミシェルはつぶやいた。「私のことをよく知らないのに」

「あなたが考えているよりは知っているわ。こういう小さな町には秘密なんてないの。多くの人があなたの善行に気づいているのよ」

「私は都会暮らしが長すぎたのかしら。父には患者はいても本当の友人はいませんでした。特にロバータと再婚してからは。私たちはいつも三人だけでした」ミシェルは微笑した。「私、ここの暮らしのほうが断然好きだわ」

「私もよ。といっても、私はここ以外で暮らしたことがないけど」ミネットは首を傾《かし》げた。「ガブリエルはあなたの保護者になるつもりのようね。家庭的な男性には見えないけど」

「見た目で判断しないでください。彼は優しい人です」ミシェルは眉をひそめた。「私は車に轢《ひ》かれたくて、道の真ん中に座っていました。あれは私の人生でも最悪の日だったわ。でも、彼が私を拾い、自宅に連れていって、話を聞いてくれたんです。ロバータが……亡くなった時も、彼はそばにいて、私を慰めてくれた。私の法定後見人になるために、妹まで呼び寄せてくれたんです」

「わかったわ」ミネットはぽつりと言った。ガブリエルがミシェルに関心を寄せているのは明らかね。でも、彼はミシェルの評判を傷つけるような真似《まね》はしない。先のことはわからないけど、当面は保護者に徹するつもりのようだわ。ミシェルのほうはどうなのかしら？　彼女はガブリエルの正体を、彼の職業を知っているのかしら？　知らないとしても、私の口からは教えられないわ。今はまだ。

「じゃあ、また明日」ミシェルは改めて挨拶した。

「ええ、明日」

ミシェルはミネットに連れられて、受賞者の牧場を訪ねた。牧場主のウォフォード・パターソンは威圧感のある背が高い男だった。彼は豊かな黒髪に北極の氷を思わせる水色の瞳をしていた。岩から掘り出したような顔はハンサムと言えなくもなかったが、一般的なハンサムのイメージとは違っていた。

彼と握手をしたミシェルは、大きな手に残る傷跡を見つめた。それを相手に気づかれて、頬を赤く染めた。「ごめんなさい」

「昔、ＦＢＩの人質救出班にいてね」パターソンは両手を彼女に見せながら説明した。「これはヘリコプターからロープを伝って降下した時の名残だ。手袋も万能ではないということだな」

ミシェルはぽかんと口を開けた。この人も見た目とは違う。ただの牧場主じゃないんだわ。

「そんなに怯《おび》えなくてもいいよ」パターソンはジーンズのポケットに両手をしまった。「今の僕に逮捕権はない。それとも、君は法に反するようなことをしたのか？　だから、怯えているのかな？」

「違います」ミシェルは即座に否定した。「私はただ耳を澄ませていたんです。ヘリコプターの音が聞こえないかと思って」

パターソンは吹き出し、ミネットに視線を移した。

「彼女が君が言っていた新入りの記者だろう？　ずいぶん変なのを雇ったもんだね」

「私は変じゃありません。罪のない牛を拉致する宇宙人を目撃した人の話なら読んだことがありますけど」ミシェルは真面目くさって抗議した。

「僕にはそういう経験はないが、もし目撃したら、真っ先に君に教えよう」

「本当に？　ありがとうございます！」ミシェルはミネットに目をやった。ミネットはにやにや笑っている。「では、ミスター・パターソン、今回の受賞について……」

「ウルフでいいよ」

「ウルフ？」

「ウォフォードから来たニックネームだ。ＦＢＩにいた頃につけられた。追跡が得意だったんでね」

「それだけじゃないでしょう？」ミネットが口を挟んだ。

「ああ。でも、子供の前では言わないほうがいいんじゃないか？」ウルフはにんまり笑った。

「そうね」

「君たちに我が牧場が誇るローン・パイン・レッド・ダイヤモンドを見せてやろう。彼は最優秀賞に輝いた種牛だ。太くて立派な――」そこでウルフは咳払《せきばら》いをした。「お宝を持っている」

ミネットはミシェルを見やり、かぶりを振った。そのまなざしは〝あとで教えてあげる〟と言っているようだった。

話題の種牛は設備の整った厩舎《きゅうしゃ》に自分専用の房を持っていた。煉瓦《れんが》の通路を進みながら、ミシェルは感嘆の声をあげた。あちこちに配された換気装置。快適に保たれた温度。通路の奥の馬具収納室には、家畜の治療に必要な医療器具や薬品などが揃《そろ》えられていた。

厩舎にいたのは種牛だけではなかった。出産を間近に控えた雌牛たちも別々の房を与えられていた。馬具収納室の前で寝そべっていた黒いロットワイラー犬が、近づいてきた人間たちを見て頭を上げた。

「伏せろ、ヘルスクリーム」ウルフが指示を出した。犬は尻尾を振って、再び頭を低くした。

「ヘルスクリーム？」ミシェルは尋ねた。

ウルフはにやりと笑った。「僕には社交生活と呼べるものがない。牧場の仕事で忙しすぎてね。だから、暇ができると『ワールド・オブ・ウォークラフト』をプレイする。そのゲーム内にガロッシュ・ヘルスクリームというキャラクターがいるんだ。そいつはホード陣営の指導者で、不愉快な男だが戦士としては凄腕《すごうで》だ。だから、彼女も――」彼はロットワイラー犬を示した。「その名前にした」

「ウィニー・キルレイブンの旦那さんもゲームマニアなのよね」ミネットがつぶやいた。

「キルレイブンはアライアンス陣営だ」ウルフは唇

をすぼめた。「しかも、パラディンをやっている。一対一のバトルで彼を倒した時は気分がすかっとしたね」

「私も興味はあるの。でも、テレビはヘイズに独占されているから。あの人、西部劇に目がないのよ」ミネットはため息をついた。「西部劇だけじゃなくて、アニメも観《み》るの。子供たちと一緒に。それはそれでいいんだけど、ゲームのほうがずっと面白そうなのにね」

「ああ、面白いよ」ウルフは巨大な赤毛の雄牛の前で足を止めた。「すばらしいだろう?」彼は自慢げに問いかけ、ため息までついてみせた。「できれば家の中で飼いたいくらいだ。でも、カーペットがだめになるのが怖くてね」

女性たちは顔を見合わせた。

二人の表情を見て、ウルフは笑った。

「前に読んだことがあります。鶏を家の中で飼っている女性の話を」ミシェルは言った。「彼女は鶏にオムツをさせていたんですけど、それでもカーペットは全部交換する羽目になったみたいですね」

「牛にもオムツが欲しいよ」ウルフはくすくす笑った。

「そんな製品を作りたいと思うメーカーがあるかしら?」ミネットが首を傾げた。

「その雄牛と一緒に写真を撮らせてもらってもいいですか?」ミシェルは尋ねた。

「もちろん」ウルフは房に入り、雄牛の首に腕を回した。「いい顔をしろよ、レッド。これでおまえはますます有名になるぞ」

ミシェルは何枚か写真を撮り、ミネットにチェックしてもらった。ミネットはデジタルカメラを受け取り、ウルフにも画像を見せた。

「いいんじゃないか」ウルフは答えた。「記事にはこの厩舎のことも書いてほしいね。ホワイトハウス並みのセキュリティだと」

ミネットは笑った。「そうするわ」

「本当にすばらしい雄牛ですね」ミシェルは言った。「今日は取材に応じていただき、ありがとうございました」

ウルフは広い肩をすくめた。「お安いご用だ。どうせ来週までは暇なんでね」

「来週、何かあるんですか？」

「『ワールド・オブ・ウォークラフト』のバレンタイン・イベントがある」

「バレンタイン・イベント？」

「このゲームでは祝日ごとにイベントをやるんだ。僕にはゲーム仲間がいる。たぶん女性だと思うが、いつも一緒に戦っている相棒だ。木に吊《つ》るされたり、迷子になったり、何度も殺されたりする頼りない相棒だが、彼女とプレイしていると楽しいよ」

「女性だと思う？　なぜ〝思う〟なんです？」ミシエルは尋ねた。

「ゲームの世界では、人は見た目どおりとは限らない。女と見せかけて実は男というケースがけっこうあるんだ。人形遊びの感覚なんだろう」

「じゃあ、逆のパターンもあるんでしょうか？」

ウルフは笑った。「あると思うよ。僕もそれっぽいケースに何度か出くわした。態度でわかるんだよな。女のほうが当たりが柔らかいから」

「あなたのクラスは？」ミネットが口を挟んだ。

「へえ、クラスを知っているのか？」

「ちょっと聞きかじっただけよ」ミネットはくすくす笑った。「キルレイブンがヘイズに講釈を垂れていた時に」

「僕はブラッドエルフ族のデスナイトだ。両手持ちの剣を振り回す無敵の荒くれ者さ」

「あなたの相棒は？」

「ブラッドエルフ族のウォーロック。メイジに次ぐ呪文の使い手だ」ウルフは答えた。「本当にいい相棒だよ。現実の彼女については、どこに住んでいるのかも知らないが。夜中でも起きているから、ヨーロッパあたりかな」

「あなたはなぜ夜中に起きているんです？」ミシェルは疑問を投げかけた。

「不眠症だからだ」ウルフは肩をすくめた。一瞬その顔をよぎった表情は、隠れる場所を探す傷ついた獣を連想させた。「君はブランドン兄妹のところにいるんだろう？」

「ええ」

「ガブリエルはいいやつだ」大きくうなずいてから、彼は顔を強《こわ》ばらせた。「妹は魔女みたいな女だが」

「魔女？」

「僕は裁判所の駐車場からバックでトラックを出そうとしていた。そこに角から飛び出してきた彼女の車がぶつかった。彼女は悪態をつきながら車を降り、僕のせいだとわめき立てた。自分のスピード違反を棚に上げて！」

ミシェルには思うところがあったが、それを口にすることは控えた。

「そこに君の夫がやってきた」ウルフはミネットにうなずきかけた。「彼女はヘイズに涙ながらに訴えた。僕に車を当てられたと。おかげで僕は裁判所に呼び出され、自分の保険で彼女の車を修理する羽目になった」

「それは、あなたが彼女を魔女扱いする前の話？それとも、あとの話？」

「僕は嘘《うそ》は言ってない。彼女は箒《ほうき》で空を飛び、翼のある猿を飼っている」

ミシェルはこらえきれずに吹き出した。「すみません。でも、翼のある猿って……」彼女はまた笑い転げた。

「とにかく、僕は礼儀正しく彼女に話しかけた。君が車を走らせている間はトラックを避難させておきたいので、これからどっちに向かうのか教えてほしいと。すると、彼女はまた癇癪を起こし、今度はフランス語で悪態をついた。僕みたいな者にフランス語はわからないと思ったんだろう」

「それで、あなたはどうしたんです？」

「流暢《りゅうちょう》なフランス語で答えてやったよ。向こうはますます腹を立てて、ペルシア語に切り換えた」ウルフはにやりと笑った。「僕はそっちも堪能でね。悪い言葉もお手の物だ。彼女は猥褻《わいせつ》行為だといきり立ち、保安官に僕を逮捕するように言った。でも、ヘイズは断った。君たちが使っている言葉がわからないから逮捕はできないと」彼はミネットに満面の笑みを見せた。「君の夫はいいやつだね。うまく魔女を追い払ってくれた」

ミシェルはおなかを抱えて笑った。さすがのサラも、この人には歯が立たなかったというわけね。でもこの話、うちに戻ってしてもいいものかしら？

ミシェルの考えを読んだのか、ウルフが指を振った。「敵を刺激したくないから、彼女には言うなよ」

「でも、サラはいい人よ」ミシェルは反論した。

「いい人だって？　彼女は家の近所ではとんがり帽子を被《かぶ》っているのか？」

「サラは、そんな帽子は持っていないわ」

「彼女を怒らせてみるといい。すぐに箒とどんがり帽子が出てくるぞ」

「彼女のことをよく知れば、あなたもきっと好きになるわ」

「遠慮しておくよ。空飛ぶ猿を飼う女の相手をするほど僕は暇じゃないんでね」

オフィスへ戻る間も、女性二人は車の中で笑いつづけた。

ミネットは涙を拭いながら言った。「もったいないわね。サラには彼の面白さがわからないのかしら？」

「ほんと、面白い人でしたね。でも、サラにこの話はできないわ。ミスター・パターソンを危険にさらすことになるもの。リムジンの運転手もこてんぱんにやられていたんですよ」

「リムジンの運転手？」

「その人、運転中にメールのやり取りをして、事故を起こしかけたんです。サラはリムジンの会社にまで報告していました」

「それは彼女のほうが正しいわ」ミネットは真顔に戻った。「何カ月か前に事故があったでしょう。運転中、友達にメールを送っていた女の子がハンドルを切り損ねて、道ばたを歩いていた十歳の男の子とそのお祖母《ばあ》さんを死なせてしまった事故が」

「ええ、覚えています」ミシェルはうなずいた。

「あれは悲しい事故でした」

「悲劇はまだ続いているのよ。その女の子は今、拘置所で裁判を待っているわ。男の子の両親だけじゃなくて、彼女の両親にとってもつらい裁判になるでしょうね」

「加害者の両親に同情するんですか？」

「しばらくこの仕事をしていればわかることだけど、ニュースには必ず表と裏があるの。普通の人間が衝動的に過ちを犯して、終身刑を受けることもあるのよ。今刑務所にいる人たちの大半は、あなたや私とそう変わらない。ただ、彼らには己を律する力が足りないというだけで」ミネットは続けた。「私が書いた記事にこういうのがあったわ。ある青年が友達と狩りをして、鹿の皮をはいでいた。その最中に口論になって、思わずナイフで友達を刺してしまった。裁判の席で彼は泣いていたわ。殺意があったわけじゃない。一瞬正気を失っただけなの。彼はいい子だった。学校にも真面目に通う、非行とは縁のない子だった。それなのに、弾みで大切な友達の命を奪ってしまったのよ」

「私、そんなふうに考えたことは今まで一度もありませんでした」ミシェルは呆然《ぼうぜん》としてつぶやいた。

「重罪を犯した人間にも家族がいるの。彼らの大半は普通の市民よ。教会に通って、チャリティに寄付をして、隣人を助けて、ちゃんと子供を育てているわ。その子供が愚かな真似をしたとしても、彼らはモンスターじゃないの。まあ、こっちを刑務所に送るべきじゃないかと思うようなひどい親もいるけど」ミネットはかぶりを振った。「人間というのは興味深いものよ。あなたもそのうちわかるわ」

ミシェルは座席に背中を預けた。「すでに一つ学びました。私はずっと受刑者を怖がっていたんです。特に、道でゴミ拾いの作業をしている受刑者を」

「彼らのほとんどは、ただの怯えた子供よ。なかには悪質な犯罪者もいるけど、そういう人は外の作業には出られないわ。外に出られるのは信頼されている者だけ」

「世界って不思議ですね」

「あなたが考えている以上にね」ミネットはくすりと笑い、新聞社の前で車を停《と》めた。「さあ、次は写真の編集作業よ」

「はい、ボス」ミシェルはにっこりと笑った。「今日はありがとうございました」

「あなたは運転を習うべきね」

「そのためには車が必要です」

「ロバータの車は？　私からブレイク・ケンプに話してみましょうか？　彼は地方検事だけど、弁護士としても活動しているの。彼に遺言書の検認をお願いしたら？」

「そうですね」

「それまではガブリエルに教われればいいわ。彼は車に詳しいから」

「はい、頼んでみます」ミシェルは答えた。彼が車に詳しいことをなぜミネットが知っているのか、その時は不思議に思わなかった。

7

「ストップだ！　ストップ、ストップ！」ガブリエルがうなった。「景色が見たいのなら、車を停《と》めてからにしてくれ！」

ミシェルは下唇を噛《か》んだ。「ごめんなさい。ついうっかりして」

彼のトラックは深い溝から数センチのところまで来ていた。

「ギアをバックに入れて、ゆっくり後退して」

「オーケー」ミシェルは指示に従い、そろそろとトラックを動かした。「これでどう？」

「少しはましになった」ガブリエルは息を整えた。

「それにしても、なぜ君の父親は君に車の運転を教えなかったんだろうな」

　父親のことを思い出すと、悲しい気持ちになる。張り詰めた声でミシェルは答えた。「最初は忙しかったせいよ。そのあとは病気のせい。私は習いたかったけど、パパに無理は言えなくて」

「ごめん。つらいことを思い出させてしまったね」

「パパが……いなくなって、まだ日が浅いから」ミシェルはなんとか笑顔を作って答えた。〝死〟という言葉は露骨すぎて、口にすることがはばかられた。

「運転って見た目より大変なのね」彼女は道路に意識を集中させた。バックミラーに目をやって、声をあげる。「いやだわ」

　ガブリエルも背後を確かめた。一台の車が猛スピードで彼らに接近しつつある。とはいえ、道は真《ま》っ直《す》ぐで、対向車もいなかった。「そのまま進んで。余裕は十分にある。向こうが追い越したければ、追い越させればいい」

「オーケー」

　後続車が急にスピードを落とし、彼らの横に並んだ。運転席の男がミシェルに不作法な合図を送ってよこした。

「今のはやりすぎだ」ガブリエルは携帯電話を取り出し、ハイウェイ・ポリスに通報した。事情を説明し、男の車のナンバーを告げた。「彼女は十八歳になったばかりで、運転の練習をしていたんだ。道は空《す》いていて、簡単に追い越すことができた。それなのに、あの男はばかな真似《まね》をしたんだ。彼女が女性だからという理由で」相手の返事に、彼はくすくす笑った。「同感だね。ありがとう」ガブリエルは携帯電話をしまった。「ハイウェイ・ポリスがあの男を捜してくれるそうだ」

「見つけたら、マナーを教えてやってほしいわ。最近は礼儀を知らない人が多すぎよ」ミシェルはため息をつき、助手席に視線を投げた。怖い顔をしている。ガブリエルは本気で怒っているんだわ。

ガブリエルは彼女の視線に気づいた。「道に集中して」

「ごめんなさい」

「どうした？」

「なんでもないわ。ただ……あなたはいい人ね。侮辱されたのは私なのに」

「君にちょっかいを出すやつは僕が許さない」ガブリエルは強い口調で宣言した。

ミシェルはわずかに首をひねり、彼の探るようなまなざしを受け止めた。彼女の呼吸が乱れた。ハンドルを握る手が冷たく感じられた。

「やめてくれ」ガブリエルは顔を背けた。「僕たち二人を殺す気か？」

ミシェルは咳払《せきばら》いをした。「オーケー」

ガブリエルは息を吸い込んだ。「どのみち、君が僕の死因になるかもしれないな」彼はミシェルを盗み見た。肩を覆う長いブロンドの髪、クリーム色の肌に柔らかなグレーの瞳。ミシェルは本当にきれいだ。彼女が大人になったら、何人もの男を泣かせることになるだろう。彼は歯を食いしばり、気持ちを切り換えた。「次の角を左折だ。合図を出して。そう。そこで左右を確認する。うん、上出来だ」

ミシェルはにんまり笑った。「車の運転って楽しいわね」

「この程度じゃ、まだまだだ。時速二百キロで高速をぶっ飛ばしてみろ。楽しいぞ」

「あなた、そんな無茶をしているの？」

ガブリエルは肩をすくめた。「ジャガーは走ることが好きなんだよ。アクセルを踏み込むと、嬉《うれ》しそうに喉を鳴らす」

「嘘《うそ》ばっかり」

「本当さ」ガブリエルは笑みをもらした。ミシェルの卒業まであと二カ月。ブランドン兄妹《きょうだい》はすでにその日のプランを立てていた。彼は運転席を見やった。僕たちが考えていることを知ったら、ミシェルはきっと腰を抜かすぞ。

ウォフォード・パターソンの記事はミシェルの署名入りで掲載された。おかげで、彼女は学校で知らない生徒たちから声をかけられるようになった。教師たちからも注目され、ちょっとしたセレブ気分を味わった。

その日、学校から戻ったミシェルは興奮気味にサラに報告した。「今日、一緒にお昼を食べようって誘われたの。今まではずっと一人で食べていたのに。小さな記事一つで変われば変わるものね！」

サラはなんとか笑顔を作った。「あれはよく書けていたわ。取材対象は最低だけど」

そういえば、ウォフォード・パターソンはサラの天敵だったんだわ。ミシェルは顔を赤らめた。「ごめんなさい」

サラはパスタをゆでる鍋を探しながらぶつぶつ言った。「あの男は頭がどうかしているのよ。自分からぶつかってきたくせに、私に罪をなすりつけようとするなんて！　おまけに、私を魔女呼ばわりしたのよ！　私が箒《ほうき》に乗っているとか、納屋で空飛ぶ猿を飼っているとか！」

ミシェルは唇をきつく噛んだ。笑っちゃだめよ。絶対に……。

サラはミシェルの様子に気づき、目をくるりと回した。「あなたは彼が好きみたいね？」

「私は魔女呼ばわりされなかったから。岩から掘り出したような顔をしているけど、彼はとてもハンサムだと思うわ。それに、大の動物好きよ」

「自分も動物だからじゃないかしら？」

「彼のうちには大きなロットワイラー犬がいるの。その名前がまたふるっているのよ！」

「僕の金槌《かなづち》を見なかったかい？」いきなりガブリエルが話に割り込んできた。

女性たちは振り返った。

「道具箱の中じゃないの？」ミシェルは尋ねた。

「その道具箱が見当たらないんだ」

二人の女性は無言で視線を交わした。

次の瞬間、サラが頬を赤らめた。「ああ、道具箱ね。それなら私が持ち出したわ。外の水栓をひねるのにペンチが必要だったの」

「そうか。で、そのあとはどこに置いた？」

「ええと……ちょっと待ってね」サラは眉をひそめ、裏口へ向かった。

「サラにパターソンの犬の名前を言うな。絶対にだぞ！」ガブリエルが押し殺した声で命じた。

ミシェルはまじまじと彼を見返した。「なぜ？」

「パターソンの謎のゲーム仲間は誰だと思う？」

ミシェルの灰色の瞳が見開かれた。「つまり、あの二人はそうとは知らずにゲームでタッグを組んでいるの？」

「そういうことだ」ガブリエルはにやりと笑った。「敵対する寂しい者同士が、ネットの世界で心を通わせ合うこともある。当分は彼らの夢を壊さないでおこう」

時は瞬く間に過ぎ、卒業式まであと数日を残すのみとなった。ミシェルはマリスト大学への入学を正式に認められた。新入生への説明会は八月におこなわれる予定だが、オンラインではすでに学部の相談役とのやり取りが始まっていた。

「どきどきするわ」ミシェルはガブリエルに言った。二人は玄関のポーチに座り、流星群を眺めていた。「この私が大学生になるなんて。いまだに信じられない気分よ」

ガブリエルは微笑した。「大学は人を成長させる。

西洋文明や数学を学べば、世界の見方も変わるよ」

「私、数学はちょっと……」ミシェルはため息をついた。「大学の数学は悪夢なんですってね」

「いい家庭教師がいれば別だ」

「でも、私には……」

「僕はオールAだった」

「オールA」ミシェルの顔に笑みが広がった。「じゃあ、先にお礼を言っておくわ」

ガブリエルは伸びをした。「任せてくれ。たぶん、運転を教えるよりは楽だろう」

ミシェルは彼の腕にパンチを見舞った。「ひどい。私、ちゃんと運転できるわよ」

「怪しいもんだ」

「練習が足りないせいよ。先生がいつも忙しいって言うから」

「サラに頼めばいい」ガブリエルが指摘した。

ミシェルは彼をにらみ返した。「もう頼んだわ」

「それで？」

「断られたわ。料理の準備で忙しいって」ミシェルは唇をすぼめた。「私が一緒に乗ってと頼もうとするたびに、サラは鍋の整理を始めるの。あれはあなたの仕業ね。あなたがサラにあることないことを吹き込んだんでしょう。私が何度も溝に落ちたとか」

「事実じゃないか」

「溝に落ちたのは一度だけよ」

「それで思い出した」ガブリエルは携帯電話を取り出し、メールを確認してうなずいた。「君のためにプロの先生に来てもらうことにしたよ。土曜日の午後から始めるそうだ」

「逃げるの？」

彼はにやりと笑った。「僕はプロじゃない」

「あなたはいい先生だと思うわ。四六時中、悪態をついていることに目をつぶれば」

「君もいい生徒だと思うよ。事故すれすれの危険運転に目をつぶれば」

ミシェルは両手を掲げて、ため息をついた。「オーケー。私を見ず知らずの他人に押しつければいいわ。でも、私のせいで彼が心臓発作を起こしたら、彼の家族は私たちを訴えるでしょうね。そして、私たちはどこに行くにも歩くしか……」

ガブリエルは片手を上げた。「僕の気持ちは変わらないよ。僕には効率のいい指導はできない」

「わかったわ」ミシェルは降参し、彼を見上げた。「卒業式にはあなたとサラも来てくれるんでしょう？」

ガブリエルは笑みを返した。「当然だろう、マ・ベル」

ミシェルの胸は高鳴った。ガブリエルがこれほど柔らかな口調になるのは、彼女と二人でいる時だけだ。この口調でからかわれると、彼女は宙を歩いているような気分になった。

ガブリエルは彼女の長い髪にそっと触れた。「あと二、三年もすれば、君は大人になる」

「私はもう十八歳よ」

彼は手を引っ込め、顔を背けた。「そうだね」それでもまだ若すぎる。僕はミシェルを手放すべきだ。彼女に成長する機会を与えるべきだ。あと何年かして、彼女が大学を出たら、いい仕事に就いて自立できたら、その時なら……たぶん。

「今夜はずいぶん内省的なのね？」ミシェルが指摘した。

「そうかな？」ガブリエルはくすりと笑った。「牛のことを考えていたんだ」

「牛？」

「今夜は空気が澄んでいる。もしＵＦＯが牛をさらいに来たら、僕たちにも見えるかもしれない」

「すてき！　ＵＦＯ探しに行きましょうよ。私が運転するわ」

「宿題はないのか？　まだ最終試験も残っているんだろう？」

「確かに試験は残っているけど」ミシェルは顔をしかめた。「そんなことを言われたら興醒《きょうざ》めだわ」

ガブリエルは肩をすくめた。「君のために言っているんだ」

ミシェルは膝の上で両手を組むと静かに言った。

「でも、あなたとサラには本当に感謝しているのよ。この恩は絶対に……」

「やめてくれ。僕たちは好きで助けたんだから」

私はじきにここを出て、大学の寮に住むことになる。サラやガブリエルと暮らすことはもう二度となくなる。

いんだわ。休暇中は誰と過ごせばいいの？　大学に残っているほかの学生たちと？

「また余計な心配をしているな」彼女を見下ろしながらつぶやいた。「休暇中はここに戻っておいで。サラも僕もここにいるから。少なくとも、君が大学を出るまでは」

「でも、サラにはワイオミングの牧場が――」

「あれは僕たち二人の牧場だ。管理は有能なマネージャーに任せてある。それに、サラはここが好きなんだ」

「サラは昨夜《ゆうべ》も遅くまでパソコンに向かっていたわ」ミシェルは声をひそめて報告した。

「謎の相棒とゲームをやっているんだな」

「本当のことを教えてあげなくていいの？」

「いいさ。せっかく楽しんでいるんだから。何年ぶりかな？　あんなに幸せそうなサラを見るのは」ガブリエルは考え込むような口調で言った。「夢を見るのはいいことだ。彼女の夢を大切にしてやろう」

「でも、サラはあまり眠れていないみたい」

「サラの不眠症は昔からだ。セラピーを受けても、薬をのんでも治らなかった。でも、ゲームが薬の代わりになるかもしれない」

「そう思う?」

「とにかく、しばらくは様子を見よう」ガブリエルは腕時計に目をやった。「僕は書類仕事があるから中に戻るよ。君はどうする?」

「もう少しここで流星群を見ているわ」

「いいの?」

「星に興味があるなら、天体望遠鏡でも買うか?」

「もちろん」

「私、火星が見たいわ!」

「いいね」

「できれば火星に行きたい」

ガブリエルは肩をすくめた。「それは無理だな」

「言ってみただけよ」

彼は笑い、ミシェルの髪をくしゃくしゃにした。そして、家の中に戻っていった。

卒業の日がやってきた。ミシェルは白いガウンを身にまとった。長いブロンドの髪を腰まで流し、灰色の瞳を興奮にきらめかせている彼女は、まるで天使のようだった。

校長から卒業証書を受け取ると、ミシェルは学友たちに満面の笑みを向けた。しかし、壇を降りかけたところで恐ろしい事実に気がついた。十二年間の学校生活が終わった。今、私は自由だわ。でも、自由には責任が伴う。これからは誰にも頼れない。大学にいるのは知らない人ばかりよ。寮だって女性専用とは限らない。

ミシェルは不安に背中を押されるように、ガブリエルとサラのもとに駆け寄った。二人は彼女を抱きしめ、祝福の言葉を口にした。

「これであなたは自由の身よ」サラは笑った。「まあ、仕事もあるし、じきに大学も始まるけど」

「もし寮が男女共用だったら……」ミシェルは不安を訴えた。

「それはないね」ガブリエルが断言した。「マリストはプロテスタント系の大学だから」

「ああ！」ミシェルは真っ赤な顔で笑った。「ばかな心配をしちゃったわ。知らない男の人たちと同じフロアで暮らすことになるのかと」

「そんなことをさせるぐらいなら」ガブリエルが真顔で言った。「僕が大学まで車で送迎する」

「私も協力するわ」サラはうなずいた。「なんなら、私もサンアントニオに住もうかしら。アパートメントで一緒に暮らさない？」

ミシェルの頬を涙が伝った。あとはパパがここにいてくれたら……。パパは私の成績を自慢していたわ。私の夢を応援してくれていた。

ガブリエルにはミシェルの考えが読めたようだった。「こら、泣くな」彼は優しく言うと、彼女の涙を拭い、閉じたまぶたにキスをした。「今日はめでたい日なんだから」

思いがけない接触に、ミシェルの全身がざわついた。胸の鼓動が激しくなる。

身を引いたガブリエルは感情をむき出しにした灰色の瞳を見て、大きな体を強《こわ》ばらせた。

サラが咳払いをした。二人を現実に引き戻すために、もう一度咳をした。

ガブリエルははっとして我に返った。「そうだ。ランチの予約を入れていたんだ」

「アメリカ屈指のレストランにね。なのに私たち、まだ空港にも向かってないのよ」

「レストラン？　空港？」ミシェルには何がなんだかわからなかった。

ガブリエルはにやりと笑った。「サプライズさ。誰かが君を呼んでいるよ」彼は大きく手を振っている女子生徒を指さした。

「イボンヌだわ。一緒に写真を撮る約束をしていたの。すぐに戻るわね！」ミシェルは生き生きとした笑顔でその場を離れた。

サラはミシェルの背中を見送りながらつぶやいた。

「覆面男、危機一髪ね」

ガブリエルは硬い表情でズボンのポケットに両手を押し込んだ。

「もうしばらくの辛抱よ」サラは兄の胸に手を置いて付け加えた。

「あと数年ある。その間に彼女は様々な男と出会い、恋に落ちて……」

「それはないわ。お兄さんもわかっているでしょう——彼女の気持ちは。その気持ちは永遠に変わらない。ただ、彼女には時間が必要なの。世界を見て、成長するための時間が」

ガブリエルは顔をしかめ、息を吸い込んだ。「そうだな。待っている間に、僕の仕事を彼女にどう説明するか考えておくか」

「大人になる頃には、彼女も理解できるようになっているわよ」

ガブリエルはうなずいた。「ああ」

サラは兄を抱きしめた。「お兄さんはたいした男よ。ミシェルはもうそのことを知っているわ」

「僕は彼女の最良の友になるつもりだ」

「もうなっているじゃないの」サラは笑顔で身を引いた。だが、兄の背後に目をやったとたん、その顔から笑みが消えた。黒い瞳が怒りにきらめく。

「おやおや、箒をなくしたのか？」ガブリエルの後ろからのんきそうな声が聞こえた。

「箒は今、空飛ぶ猿たちが使っているわ」サラは切り返した。「あなたも今日卒業したばかりなの？」

ウルフは肩をすくめた。「卒業したのはうちの牧場監督の娘だ。僕は彼女のゴッドファーザー、つまり名付け親でね」

「訊《き》きたいことがいくつもあるけど、ここは一つに絞るわね」サラは唇をすぼめて考えた。「あなたが雇っている殺し屋は常勤？　それとも非常勤？」

ウルフは眉を上げた。「もちろん、常勤だ」彼はジーンズのポケットに両手を突っ込み、頭を傾けた。

「でも残念なことに、女子供には手を出さない」

サラが反論の言葉を探していると、ミシェルが駆け戻ってきた。

「こんにちは、ミスター・パターソン！」ミシェルは笑顔で挨拶した。「あの雄牛はどうしていますか？」

「食べたいだけ食べて、ますます立派になっているよ」ウルフも笑顔で答えた。「君の記事はよく書けていた」

「ありがとう。いい素材に恵まれたおかげです」

サラがうめいた。

「今のはなんだ？　猿を呼ぶ合図かな？」ウルフは無邪気そうに問いかけた。

サラはペルシア語で悪態をついた。

「とんでもない暴言だ！」ウルフは驚いたふりをして周囲を見回した。「警察に知らせないと。ここに警官はいないのか？」

「もしいても、ペルシア語が理解できないとね」サラは嫌みっぽく微笑した。

「ペルシア語？」ジェイコブズビルの警察署長キャッシュ・グリヤが妻のティピーとともに近づいてきた。「ペルシア語なら話せるぞ」

「よかった。彼女を逮捕してくれ」ウルフはサラを指さした。「今、彼女は僕の母親を中傷した。母親だけじゃなく、先祖まで」

キャッシュはサラに視線を移した。サラはまだウルフをにらみつけている。

「向こうが先に因縁をつけてきたのよ」彼女は反論した。「私は箒には乗らないし、空飛ぶ猿なんて見たこともないわ！」

「私は見たことがある」キャッシュはうなずいた。

「ある男に猿を投げつけられた時に……」

「彼女を逮捕してくれ」ウルフが繰り返した。

「そのためには彼女の暴言を立証する必要がある」

「ガブリエルが証人だ」

全員の視線がガブリエルに集まった。

「これから一週間、焦げたパスタを食べたいの？」サラが小声で脅した。

ガブリエルは咳払いをした。「いや、さっきはぼんやりして聞いてなかった。今度はちゃんと聞くから、もう一度言ってくれないか？」

「偽証だ」ウルフはぶつぶつ言い、サラをにらみつけた。「僕はまだFBI時代の手錠を持って……」

「変態」サラは一言で切り捨てた。

キャッシュがあわてて背中を向けた。彼の背中は小刻みに震えている。

ティピーが夫をぶった。

キャッシュは気を引きしめ、再び皆に向き直った。

「申し訳ないが、この件に関しては力になれないな。卒業おめでとう、ミシェル」

「ありがとう、グリヤ署長」

「君はなんでここにいるんだ？」ウルフが署長に尋ねた。

「義弟のゲーム仲間にここの生徒がいてね。彼の卒業を見届けに来たんだ」キャッシュはかぶりを振った。「彼は『ヘイロー』シリーズの名人なんだ」

「あのシリーズは僕もやっている」ウルフはにやりと笑い、ガブリエルに目をやった。「おまえは？」

ガブリエルは首を横に振った。「僕はそれほど暇じゃないから」

「楽しいぞ。テレビゲームもいいが、僕は……」

「そう、予約だ！」ガブリエルは友人の言葉を遮り、腕時計をチェックした。「これから飛行機で移動なんだ。卒業祝いで」彼はミシェルに視線を投げ、にんまり笑った。

「飛行機？」ウルフはサラに視線を移した。「箒はどうした？　電気系統のトラブルか？」

「じゃあ、僕たちはこれで」ガブリエルはそう言うと、妹の手をつかんだ。そして彼女を半ば引きずるようにして、その場を離れた。

「なぜ邪魔をしたの？」サラが兄をなじった。二人はニューオーリンズ行きの飛行機のビジネスクラスに座っていた。「あの男を一発殴ってやるつもりだったのに」

「警察署長の前で？　そうなったら、署長もおまえを逮捕せざるをえない。ミシェルのおめでたい日が台無しだ」

「そうね」サラはミシェルに笑顔を向けた。「ごめんなさい。あの男の前だと、ついいらいらしちゃって」

「気にしないで」ミシェルは笑って、かぶりを振った。「でも、びっくりだわ。ランチのために飛行機でニューオーリンズまで飛ぶなんて。私、飛行機に乗るのはこれが初めてなのよ。離陸の時はぞくぞくしたわ！」

「私もよ。あなたのおかげで、新鮮な気持ちで楽しめたわ」サラは微笑した。「私もお兄さんも空の旅には慣れっこだから」

「僕はしょっちゅう飛行機に乗っているが、これほど快適な移動はめったにないな」

「仕事で？　どんな仕事なのか、一度も聞いたことがないけど」ミシェルは言った。

「一種の請負業だ」ガブリエルはさらりと答えた。「政府から依頼を受け、アドバイザーとしてあちこちを回っている。外国の政府と取引をするために」

「ビジネスマンみたいな仕事かしら？」

「そんな感じだね」ガブリエルは笑顔で嘘をついた。「それより、君は明日から運転教習だぞ」

「あなたが教えてくれない？　もう溝に落ちたりしないから」

ガブリエルは首を横に振った。「君には僕より有能な指導者が必要だ」

「その指導者の心臓が強いことを祈るわ」

ミシェルの言葉に、彼はくすくす笑った。

三人は中心街の五つ星レストランで食事をした。ミシェルはスパイスの利いたケイジャン料理を堪能した。デザートを口にした時は、あまりのおいしさに涙が出そうになった。

「ここは僕の行きつけの中でも一押しの店でね」二杯目のコーヒーを飲み終えたところで、ガブリエルは言った。「この付近に来た時は必ず立ち寄るようにしているんだ」彼はエレガントな装飾を見回した。

「ハリケーン・カトリーナで痛手を被ったが、改築されて前よりもさらによくなった」

「料理も最高だったわ」ミシェルはにっこり笑った。「二人とも、私を甘やかしすぎよ」

「いいじゃないの。私たちも楽しんでいるんだから」サラは答えた。「うちに帰ったら、もう一つのサプライズが待っているわよ」

「まだあるの？　もう十分よ。そこまでしてもらわなくても……」

「でも、もう準備してしまったんだ」ガブリエルが椅子の背にもたれた。彼は黒のタートルネックと黒っぽいズボンに紺色のジャケットを身につけていた。サラはシンプルな黒いドレスと真珠で装っていた。

二人とも、見るからに優雅な金持ちという感じがした。一方、ミシェルは一張羅の晴れ着――オフホワイトのシンプルなドレスに母親の形見の真珠をつけていた。連れの二人に比べると見劣りしたが、ブランドン兄妹は彼女のドレスがくたびれていることに気づいてさえいないようだった。

「どんなサプライズ？」

ミシェルの問いかけに、兄と妹は柔和な笑みを返した。

ガブリエルの黒い瞳がきらめいた。「それは見てのお楽しみだ」

8

三人が牧場へ帰り着いたのは夜もかなり更けた頃だった。ランチハウスの私道には、一台の車が停《と》まっていた。美しい白の小型車で、車体に大きな赤いリボンが結んである。

ミシェルは目を丸くした。兄妹《きょうだい》に促されるまま車に近づき、トランクに触れてみた。鍵穴の上にジャガーをかたどった銀色のエンブレムがついている。

「これ、ジャガーよ」彼女は戸惑い、兄妹に非難めいた視線を投げた。

サラがあわてて言い訳した。「そんなに高くないのよ。値段で言うならミドルクラスね。でも、安全性はトップクラスだわ。だから、あなたにこれを選んだの。卒業、おめでとう！」

「やりすぎよ」ミシェルはつぶやき、涙をこらえながらおずおずと車体に触れた。「夢を見ているみたい……。こんな……すてきな車！」彼女は振り返り、サラに抱きついた。「大切にするわね。自分の手で隅々まで磨き上げるわ！」

「僕はハグしてくれないのか？　これは僕の発案なんだよ」ガブリエルが言った。

ミシェルは笑って、彼を抱きしめた。「ありがとう！　あなたが車をプレゼントしてくれるなんて、夢にも思わなかったわ！」

「君は車を必要としていた」ガブリエルは彼女の頭に顎を預けてつぶやいた。「夏の間ミネットのところで働くなら、車がないと困るだろう。大学から週末の帰省をする時にも車は必要だ。君にそこまで頻繁に帰省する気があればの話だが」

「なぜ都会に残らなきゃならないの？　ここに来れば、馬にも乗れるのに」ミシェルは笑顔で彼を見上げた。

ガブリエルは灰色の瞳を見返した。美しいミシェル。男たちは彼女に惹《ひ》かれるだろう。何人もの男たちが彼女を望むだろう。

「試しに乗ってみたら？」サラがさりげなく割って入った。「私もリボンをほどくのを手伝うわ」

「このリボンは大事に取っておくわ」ミシェルは笑った。「あっ、待って！」彼女は携帯電話を取り出し、リボンが結ばれた車を写真に収めた。

「君と車の写真も撮ろう。横に立って」ガブリエルも携帯電話を取り出し、何枚か写真を撮った。「オーケー。じゃあ、乗ってごらん」

「助手席に座りたい人は？」ミシェルは問いかけた。

兄妹は不安げな表情で顔を見合わせた。

運転教習の指導教官はミスター・ムーアといった。

彼の頭頂部はつるつるで、わずかに残る髪は真っ白だった。生徒たちに苦労させられているせいかしら、とミシェルは思った。

ミスター・ムーアは忍耐強かった。ミシェルは二度ミスをしたが、ぎりぎりで事故を回避することができた。ミスター・ムーアは練習不足を指摘した。習ったことを忘れずに運転を続けていけば、必ず上達すると。

だから、ミシェルは練習を重ねた。練習にはサラが付き合ってくれた。ガブリエルは慌ただしく荷物をまとめ、女性たちに別れを告げると、どこかに旅立ってしまった。

「彼はどこへ向かったの？」ミシェルはサラに尋ねた。

サラは穏やかに微笑した。「それは訊《き》いちゃだめなのよ。ガブリエルは機密扱いの仕事もしているから。ほかの人にも言わないで。いいわね？」

「もちろん、誰にも言わないけど」ミシェルは唇を噛《か》んだ。「彼の仕事は……オフィスでするような仕事なの？　アドバイザーとして人と話したり、助言を与えたりするだけなの？」

サラは一瞬ためらってから答えた。「ええ、そうよ」

ガブリエルが旅立ってから数週間が過ぎた。彼からはなんの連絡もなかったが、ミシェルはサラの助けを借りて運転技術を磨いた。試験も余裕で合格し、ついに念願の運転免許証を手に入れた。今では、通勤の際もカーリーと交代で運転するようになっていた。

「羨ましいわ。ジャガーを買ってもらえるなんて」カーリーは柔らかな革張りの座席を撫《な》でながら、ため息をついた。「誰か、私にもジャガーを買ってくれないかしら」

ミシェルは笑った。「私も、あの時はびっくりしたわ。恐縮して断ろうとしたのよ。でも、二人とも聞く耳を持たなくて。私には安全な車が必要なんですって。フォードの大型トラックは安全じゃないってことかしら？」

「新品のフォードが欲しいわ」カーリーはまたため息をついた。「Ｆシリーズのやつ。ダッジ・ラムでもいいし、シボレーのシルバラードでもいい。結局、私はトラックが好きなのね」

「私は普通の車のほうが好きよ」ミシェルは友人に視線を投げた。「大学に行ったら、こうやってあなたと車に乗れなくなるのね。寂しいわ」

「私も」カーリーは外の景色を見やった。「誰かと一緒なら、くよくよ考えずにすむんだけど」

「相変わらずカーソンに意地悪されているの？」

カーリーは自分の両手を見下ろした。「なぜ彼は私を目の敵にするのかしら？　私は何もしていないのに。まあ、嫌みを言うこともあるけど、口火を切るのは彼のほうよ」

「もしかして、彼はあなたのことが好きなんじゃないかしら？」ミシェルは推測を口にした。「そんな自分の気持ちを認めたくないのかも」

カーリーは首を横に振った。「それはないわ。もし狼《おおかみ》の群れがいたら、彼はためらうことなく私をその群れに投げ込むはずよ」

「彼は署長のオフィスにいることが多いわよね」

「二人で何かやっているみたい。でも、私は教えてもらえないの。署長も電話で話す時は、私に聞こえないように注意しているし」カーリーは眉をひそめた。「実はパパもよく来ているのよ。変だと思わない？　カーソンは信仰とは縁のないタイプなのに」

「署長も信心深いタイプとは思えないわ。あなたのパパが襲われた事件と関係があるのかしら？」

「私もその線を疑ったんだけど」カーリーはぶつぶ

つ言った。「パパは何も答えてくれないの。私がその話をすると、貝みたいに口を閉じちゃうのよ」

「署長に訊いてみたら？」

カーリーは吹き出した。「そんなことをしても、彼は話題を変えるか、受話器を握るだけよ。でなきゃ、たまたま廊下にいた誰かをオフィスに引きずり込んで、くだらない話を始めるか。ほんと、ごまかし上手なんだから」

「カーソンに訊くという手もあるわ」

カーリーの顔から笑みが消えた。「どうせ無視されるだけよ」

「やってみなきゃわからないでしょう」

「やってみなくてもわかるわよ」カーリーはわずかに顔を赤らめ、再び窓の外に目をやった。

「ごめんなさい」ミシェルは謝った。「あなたは彼の話をしたくないのね」

「気にしないで」カーリーは首を巡らせた。「ガブリエルはそろそろ戻ってくるの？」

「わからないわ。私たち、彼の居場所さえ知らないの。アメリカ以外のどこかだとは思うけど」ミシェルはかぶりを振った。「彼は謎の多い人だから」

「男はたいていそうよ」カーリーは笑った。

「でも、ビジネスマンみたいな仕事だから、そんなに心配する必要はないと思うわ」

「せめてもの救いね」カーリーはうなずいた。

ミシェルは地元の消防隊と新たに導入された消防車について取材した。隊長から火災に関する様々な情報を聞き出し、隊員たちの写真を撮ると、それらをまとめて記事にした。ミネットはその記事を一面に掲載した。

金曜日の夕方、カーリーを迎えに行ったミシェルは、グリヤ署長につかまって文句を言われた。「えこひいきだ」

「えこひいき？」

「消防隊の記事を一面に載せておきながら、警察のことは記事にもしない。我々は大事件を解決したばかりだぞ！」

「大事件？」

「何者かがジョーンズ老人の雌鶏《めんどり》をかどわかし、人形のドレスを着せて、彼の玄関ポーチに縛りつける事件が起きた」キャッシュはにやりと笑った。

「我々はその犯人を突き止めた」

「それで？」ミシェルは先を促した。

カーリーも聞き耳を立てていた。

「犯人はベン・ハリスの孫娘だった。彼女は浴槽の湯をあふれさせ、その罰として祖母に人形を取り上げられた。そこで彼女は隣家の雌鶏に目をつけた。祖父母が買い物に出かけた隙に、雌鶏をうちに連れ込み、ドレスを着せて遊びはじめた。ところが、件《くだん》の雌鶏はオムツをしていなかった。そのうち、

彼女も気がついた。これでは雌鶏を引き入れたことが祖父母にばれる。さらに面倒なことになると」

女性たちは笑っていた。

「彼女は雌鶏を隣家へ返したものの、雌鶏が逃走することを恐れて、ポーチの手すりに縛りつけた」キャッシュはかぶりを振った。「だが、人形のドレスで足がついた。彼女は犯罪者には向かないね」

「ミスター・ジョーンズはどうしたんです？」ミシエルが尋ねた。

「彼は写真を撮った。見せてやろうか？　なかなかの傑作だよ。私はあれを引き延ばして、オフィスに飾ろうと考えている。私の活躍を記録するコーナーに」キャッシュはにやりと笑って話を締めくくった。

二人の女性は涙を流して笑い転げた。

「それで、女の子のほうはどうなったんです？」

「彼女には数日間の雑役が課せられた。内容は床や家具についた鶏の糞《ふん》の掃除だ。祖父母は再犯防止の

ために彼女に人形を返却した。ただ、悲しいことが一つある」

「悲しいこと?」

「人形は裸の状態だ。もし彼女が人形を外に持ち出せば、公然猥褻罪《わいせつ》ということに……」

女性たちの笑い声が外の廊下にまで響き渡った。しかし、黒髪を腰まで伸ばした長身の男は笑っていなかった。彼はドア口で足を止め、署長と二人の女性を見据えた。

「どうした?」キャッシュは一瞬にして仕事の顔に戻った。

「ええ、ちょっと」カーソンはカーリーに冷ややかな一瞥《いちべつ》を投げた。「時間を作ってもらえますか?」

「ああ。入ってくれ」

カーリーは目を逸《そ》らし、赤い顔で言った。「私は帰ってもいいですか? 必要であれば残りますけど」

「君は必要ない」カーソンが苦々しげに吐き捨てた。

カーリーは顎をそびやかした。「よかった」

カーソンはまた何か言おうとしたが、キャッシュがそれを遮った。

「お疲れさま、カーリー」キャッシュはそう言うと、カーソンの腕をつかみ、自分のオフィスに戻っていった。

「あの人がカーソンね」ミシェルは言った。彼女はカーリーの家へ車を走らせていた。

「ええ、あれがカーソンよ」

「確かに感じの悪い人だわ」

「今日は、まだましなほうよ」

「あの人、本気であなたを憎んでいるみたい」

カーリーはうなずいた。「だから、そう言ったでしょう」

ミシェルは答えなかった。返す言葉が見つからなかったからだ。彼女は友人に同情の笑みを向け、無言で運転を続けた。そして、ブレア親子が暮らすビクトリア朝様式の家の前で車を停めた。

「送ってくれてありがとう」カーリーは言った。

「明日は私が運転する番ね」

「そして、私がガソリン代を出す番よ」ミシェルは笑った。

「あなたも頑固ね」カーリーは笑顔でため息をついた。「今はガソリンが値上がりしているのに」

「値上がりしているのはガソリンだけじゃないわ。じゃあ、おやすみなさい。また明日」

「ええ。また明日」

ミシェルはランチハウスの前で車を停めた。玄関へ向かう途中、サラの車がないことに気づいた。変ね。出かけるとは聞いていなかったけど。まあ、いいわ。鍵は持っているから。


彼女が鍵を使おうとしたその時、ドアが勝手に開いた。そこに立っていたのは、日に焼けた顔でほほ笑むガブリエルだった。

「ガブリエル!」ミシェルは彼に飛びついた。

ガブリエルは彼女を抱き留め、宙に持ち上げて三度振り回した。

「いつ帰ってきたの?」

「十分くらい前かな」ガブリエルは白い首筋に顔を埋《うず》めてつぶやいた。「薔薇《ばら》の香りがする」

「新しい香水よ。サラが買ってくれたの」ミシェルはわずかに身を引き、彼の顔を見上げた。間近にある黒い瞳を探るうちに、心臓の鼓動が乱れはじめ、息が止まりそうになった。まるで天国にいるみたい。彫刻のように完璧な唇。ほんの少し動けば、この唇に触れることが……。

ガブリエルは彼女の長い髪をつかみ、二人の距離を広げた。「だめだ」

ミシェルはガブリエルと視線を合わせた。黒い瞳が欲望で燃えている気がする。彼女の若い体の中でも、かつて感じたことのない欲望が燃え上がりはじめていた。

ミシェルは覚束《おぼつか》なげに息を吸い込むと、ガブリエルを見つめた。彼も見つめ返してきた。音が消えた世界の中で、二人の荒い息遣いだけが聞こえている。平らになった彼女の胸の膨らみに、ガブリエルの心臓の轟《とどろ》きが伝わってきた。

ガブリエルはミシェルの背筋に沿って手を這《は》わせた。視線を落とし、彼女の唇を食い入るように見つめる。

まるで荒々しくキスをされているみたい。黒い瞳に焼き印を押されているみたい。ミシェルは彼にしがみついていた手に力を込めた。

ミシェルが僕を求めている。僕の唇を、手を、体を求めている。小さくあえぐような息。柔らかな胸の膨らみから伝わってくる鼓動。そして、誘うように開かれた唇。僕さえその気になれば、この唇を味わうことができる。この唇からうめき声を引き出すことができる。彼女の欲望に火をつけることができる。数歩先にあるソファに彼女を横たえて……。

いや、ミシェルはまだ十八歳だ。本気の恋を知らない子供だ。彼女を汚していいのか？　彼女を傷つけて、無理やり大人にしていいのか？

ガブリエルは彼女を床に下ろして、あとずさった。

「だめだ」

私にはわかるわ。ガブリエルも欲望を感じていることが。でも、彼はその欲望を抑えようとしている。私の年齢を気にして。

「私……いつまでも十八歳じゃないわよ」

ガブリエルはのろのろとうなずいた。「いつか」彼は約束した。「たぶん」

ミシェルの表情に明るさが戻った。「私、本をたくさん読むわ」

ガブリエルの眉が上がった。

「大人の世界を予習するために。セクシーな下着も集めておくわ」

黒い眉がさらにつり上がった。

「いつか必要になるかもしれないでしょう？　あなたが私を大人と認めてくれた時に」ミシェルは唇をすぼめた。「身分証明書を偽造すれば……」

「ずるはいけないな」ガブリエルは笑った。

ミシェルは肩をすくめた。「私、できるだけ早く大人になるわ。あなたが変な女性たちと遊んでいるなんて噂《うわさ》は聞きたくないから」

「たいていの女は変だろう」

「意地悪」彼女はガブリエルの胸をぶった。

ガブリエルは急に話題を変えた。「運転はどうなってる？」

「あなたの留守中は一度も木にぶつかってないわ」

ミシェルは得意げに答えた。「溝にも落ちていないし、車体をこすってさえいないのよ」

「すごいじゃないか」ガブリエルは笑った。「たいしたもんだ。仕事のほうは？」

「絶好調よ。今、大きな事件を取材中なの。国際的なニュースになるかも」

奇妙なことに、ガブリエルは一瞬落ち着かない表情になった。「どんな事件だい？」

「誘拐事件よ」

ガブリエルの眉間に皺《しわ》が刻まれた。

「誘拐されたのは鶏だけど」ミシェルが言葉を続けると、彼は眉を開き、明るい表情に変わった。「罰として人形を取り上げられた少女が、雌鶏を拉致して、人形のドレスを着せたの。彼女はしばらく家の掃除をやらされるらしいわ」

ガブリエルはおかしそうに笑った。「小さな町の事件は楽しいね」

「しかも、次から次へと起こるんだから。あなたの旅はどうだったの？」

「長い旅だった。もう腹ぺこだ」

「サラが作ったキャセロール料理があるから、温めましょうか？」

ガブリエルはキッチンのテーブルに着き、ミシェルの仕事ぶりを観察した。チキン・キャセロールを温め直す間に、彼女はコーヒーをいれた。それをマグカップに注《つ》ぐと、ブラックのままガブリエルの前に差し出した。次に彼女はフランスパンを温め、バターを添えて並べた。それから、自分も椅子に腰を下ろし、食事をするガブリエルを眺めながらコーヒーを飲んだ。

「焼いた蛇とは比べものにならないうまさだ」

ミシェルは目をしばたたいた。「焼いた蛇？」

「僕たちは自力で食材を調達する。たいていは蛇だが、運がよければ、大きな鳥や魚が見つかることもある」

「オフィスビルで？」

ガブリエルは笑みを含んだ視線を返した。「いつもオフィスビルにいるわけじゃないんだ。外へ出て……現場を視察することもある。今回の現場はジャングルの中だった」

「ジャングル」ミシェルは急に不安になった。「毒蛇もいるの？」

「ほとんどの蛇は毒を持っているが、味に変わりはないよ」

「でも、嚙まれる可能性もあるでしょう？」

「もう何度も嚙まれた」ガブリエルはあっさりと答えた。「だから、常に血清を持ち歩くようにしている」

「あなたは安全な場所にいると思っていたわ」

ミシェルの不安そうな表情がガブリエルの罪悪感を刺激した。それでも、彼は笑顔で嘘《うそ》をついた。

「今回は特別だ。僕は危険なことはめったにしない。だから、安心していいよ」

ミシェルはテーブルに両肘をつき、両手に顔を預けて、彼の食事を見守った。

「それ、やめてくれないかな？」ガブリエルはからかった。「自分の面倒は自分で見られる。もう二十年以上そうしてきたんだ」

ミシェルは顔をしかめた。「ちょっとチェックしていただけよ」

「僕は死なないよ。約束する」

「もし約束を破ったら、絶対に許さないから」

ガブリエルは笑った。「わかったよ」

「デザートも食べる？　チェリーパイがあるけど」

「今はいい。ところで、サラはどこだ？」

「私も知らないの。メモも残っていないし」

ガブリエルは携帯電話を取り出し、短縮ボタンを押した。応答を待つ間に立ち上がり、自分のカップにコーヒーのお代わりを注ぐ。

一分後、彼は問いただした。「今どこだ？」相手の答えを聞くと、彼は唇をすぼめ、ミシェルに視線を向けた。「ああ、ここにいる」彼は椅子に座り、何度もうなずいた。「いや、僕は名案だと思うよ。でも、先に相談してくれても……。ああ、おまえがセンスがいいってことは認めるがね。そうか、返品は可能なんだな。彼女には言わない。あとどれくらいで……。オーケー。じゃあ、その時に」

電話が終わるのを待って、ミシェルは尋ねた。

「サラはどこにいるの？」

「今こっちに向かっている。ちょっとしたサプライズとともに」

「私へのサプライズ？」ミシェルの顔がぱっと明るくなった。

「そのようだね」

「でも、これ以上よくしてもらったら罰が当たりそうだわ」

「文句はサラに言ってくれ」ガブリエルは指摘した。

「どうせ無駄だろうけどね。あいつは恐ろしく頑固だから」

「知っているわ」ミシェルは笑うと、いったん口を閉じてから尋ねた。「で、どんなサプライズ?」

「言ったらサプライズにならないよ」

サラは私道で車を停めた。車から降り立ち、トランクを開けると、大きな買い物袋を次から次に引っ張り出した。そして満面に笑みを浮かべ、そのうちのいくつかを兄に、一つをミシェルに手渡した。

「中身は何?」ミシェルは叫んだ。

「ちょっとしたものよ。大学生活が始まったら必要になるもの。中に入ったら、見せてあげるわ。ガブリエル、勝手にのぞかないで！　プライバシーの侵害よ！」

ガブリエルは笑い、先頭に立って家へ入った。

ミシェルは言葉を失った。サラは服の趣味がよかった。今回の買い物にも、その趣味のよさが現れている。ジーンズ、スウェット、ドレス、ハンドバッグ、下着、ガウン。どれもミシェルが見たこともないほどすてきなものばかりだった。

「気に入ったかしら?」サラが少し不安そうに尋ねた。

「私、こういうのは持ったことがなくて」ミシェルは口ごもった。「パパは病気で、私と買い物に行くどころじゃなかったでしょう。ロバータと行った時は、下着ぐらいしか買ってもらえなかったから」ミシェルは衝動的にサラを抱きしめた。「ありがとう。本当にありがとう!」

「そのドレスを着てみて。サイズがわからなかったから、合わない場合は交換できるように話をつけてきたの。あなたが試着している間、私はガブリエルとコーヒーでも飲んでいるわ」サラはにっこり笑い、ミシェルの部屋から出ていった。

兄妹がキッチンでコーヒーを飲んでいると、ミシェルがそわそわとした様子で戸口に現れた。彼女は髪を整え、タイトなデザインのロングドレスに身を包んでいた。ドレスはキャップスリーブ付きで、胸元が大きく開いていた。胴と裾の部分に細かい刺《し》繍《しゅう》が施され、オフホワイトの生地が彼女の淡いブロンドの髪とクリーム色の肌、灰色の瞳をいっそう際立たせていた。

先に気づいたのはガブリエルだった。彼は首を巡らせ、そこで動きを止めた。兄の視線を追ったサラが、歓喜の表情で立ち上がった。

「完璧よ、ミシェル！　まさに完璧！　これならどんなフォーマルな場にも出られるわ」

「ありがとう。私、こんなに美しい服は初めてよ」

ミシェルはガブリエルに視線を転じた。彼は何も言わなかった。マグカップを握る手を宙に浮かせた状態で固まっていた。「あの……どうかしら？」

「いいんじゃないか」無理に視線を引きはがすと、ガブリエルはカップを置いて立ち上がった。「ちょっと家畜の様子を見てくる」そう言い残して、裏口から出ていった。

ミシェルの膝が震えた。彼女は唇を噛み、ぼそぼそとつぶやいた。「彼はお気に召さなかったみたいね」

サラはミシェルの頬にそっと触れた。「男は面倒な生き物なの。いいと思っても、素直にそう言えないのよ。オーケー？」

ミシェルは肩の力を抜いた。「オーケー」

外の厩舎《きゅうしゃ》では、ガブリエルが動揺と闘っていた。

ドレスを着たミシェルは美しかった。彼が今までに見た何よりも美しかった。もしあの場に留《とど》まっていたら、自分はとんでもない行動に出ていただろう。ミシェルを腕に抱き上げ、彼女の唇から感覚がなくなるまでキスを続けていたはずだ。

ガブリエルは一頭の馬の横で足を止め、その鼻面を優しく撫でながら、己の欲望を抑えつけた。まだ早すぎる。僕はただ待つしかない。その間にミシェルは多くの男たちと出会うだろう。彼女と同じ年頃の若い男たちと。僕のように暗い過去を引きずっていない男たちと。

僕は彼女を自由にしてやるべきだ。彼女と距離を置き、成長するチャンスを、もっとふさわしい男を見つけるチャンスを与えるべきだ。どんなに苦しくても、そうするしかない。それが彼女のためなのだから。

翌朝、ミシェルは朝食作りを手伝うためにキッチンへ入っていった。その時には、ガブリエルはすでに姿を消していた。

「彼のトラックが見当たらないんだけど」ミシェルは力のない声で指摘した。

「次の仕事が入ったんですって。私も昨夜《ゆうべ》遅くに言われたの。二、三週間はかかるらしいわ」サラは視線を逸らしたまま答えた。「大丈夫。ガブリエルは自分の身は守れる男よ」

「それはわかっているけど……」ミシェルはカウンターに手をついた。「彼がいないと寂しいわ」

「そうね」サラはためらった。「ミシェル、あなたの人生はまだ始まってさえいない。外にはあなたが見たこともない世界が広がっているわ」

ミシェルは大人びた視線を返した。「そこですてきな王子様を見つけろってこと？」彼女は微笑した。「私の王子様はもう決まっているの」

サラは眉をひそめた。「世の中には、あなたの知らないことがいっぱいあるのよ」

ミシェルはサラの黒い瞳を探りながら静かに答えた。「何があっても結果は同じよ。私の気持ちは変わらないわ」

サラには返す言葉が見つからなかった。だから、黙ってミシェルを抱きしめた。

9

ミシェルはひどく緊張していた。今日は学期が始まる日だ。新入生向けの説明会で、キャンパス内は一通り見学していた。地図も渡されていた。それでも、自分が受ける講義の教室をすべて見つけ出すのは至難の業だった。

「西洋文明はシムズ・ホール？　それとも、ウェイバリー・ホール？」地図とにらめっこをしながら、彼女は独り言をつぶやいた。

「ウェイバリーだよ」背後から感じのいい男性の声が聞こえた。「おいで。案内してあげるから。僕はランディ。ランディ・マイルズだ」

「ミシェル・ゴドフリーよ」彼女は笑顔で握手した。

「あなたも新入生?」

ランディは首を横に振った。「僕は三年生だ」

「私なんかに話しかけていいの?」ミシェルは軽口をたたいた。「こんな田舎者の新入生に」

ランディは立ち止まり、笑顔になった。彼は黒っぽい髪に薄い色の瞳をしていた。少し太り気味だが、いかにも好青年という感じだ。「君は田舎者には見えないよ」

「ありがとう」

「本当の話さ。君は地元の子?」

「家族はジェイコブズビル出身だけど、私はずっとここに住んでいたの。両親が亡くなるまでは」

「つらいことを思い出させてしまったね」

「もうそんなにつらくないわ。だいぶ時間がたったから」ミシェルは周囲を見回した。「ここのキャンパスはとてつもなく広いのね」

「しかも、今も広がりつづけている。シムズ・ホールは完成したばかりだ。でも、ウェイバリーのほうは古いよ。僕の父もあそこでバーレイン教授から歴史を学んだそうだ」

「本当?」

ランディはうなずいた。「一つ警告しておこう。彼の講義に遅刻は厳禁だ。理由は……知らないほうが幸せだろうね」

ミシェルはにんまり笑った。「覚えておくわ」

ウェイバリー・ホールへ向かう途中、ランディは友人のアラン・ドリューとマージョリー・ウィルズに彼女を紹介した。アランは愛想がよかったが、マージョリーは新入生には目もくれず、ランディにばかり話しかけた。

「講義に出るんだろう?」アランが腕時計をチェックしながら、ミシェルに問いかけた。「あとは僕が案内するよ」

「また会おう」ランディが気さくに挨拶した。マージョリーはうなずいただけだった。

ミシェルは笑みを返し、アランの案内で講義がおこなわれる建物にたどり着いた。

「ありがとう。助かったわ」

アランは笑顔で肩をすくめた。「マージョリーのことは気にしないで。彼女には……面倒なところがあってね。あの二人はお互いに夢中なんだ。ただ、どっちもそれを認めようとしないだけで」

「大丈夫よ。気にしていないから。じゃあ、またどこかで会いましょう」

「すぐに会えるよ」アランはにんまり笑った。「僕もこの講義に出るから。急がないと遅刻だ！」

二人は遅刻ぎりぎりで教室に滑り込んだ。バーレイン教授は偏屈な老人で、教室全体をじろりと見渡してから口を開いた。ミシェルは厳しい講義を覚悟した。ノートの取り方を学んでおいてよかったと思った。

彼女の横では、アランが必死に講義の内容を書き留めていた。ノートではなく、ばらばらの紙を使うところはミシェルと同じだ。彼は黒っぽい髪に黒っぽい瞳をした笑顔の魅力的な青年だった。しかし、ミシェルの心は動かなかった。友人として好きになれる男はほかにもいるだろう。だが、ガブリエルに太刀打ちできる男がこの世に存在するとは思えなかった。

講義がすむと、アランは笑顔で彼女に別れを告げ、口笛を吹きながら次の教室へ向かった。ミシェルはスケジュール表を眺め、自分が向かうべき方角を確認した。

その夜、サラが電話をかけてきた。「それで、初日のご感想は？」

「面白かったわ」ミシェルは答えた。「友達もできたのよ」

「男の友達？」サラはからかった。

「なんの話だ？」ガブリエルの声が混じった。

「ミシェルに友達ができたの」サラは兄に説明した。

「むくれちゃだめよ」

ガブリエルは不機嫌そうにうなると沈黙した。

「ルームメイトはどんな人？」サラは続けた。

ミシェルは隣の部屋をのぞき込んだ。そこではダーラが赤い髪をかきむしりながら、躍起になってブラウスを探していた。

「私みたいな人よ。整理整頓が苦手なお調子者」ミシェルはわざと大きな声で答えた。

「聞こえたわよ！」ダーラが肩ごしに叫んだ。

「聞こえるように言ったのよ」ミシェルが笑うと、ダーラも笑いながらかぶりを振った。ミシェルはサラに言った。「彼女とならうまくやれると思うわ。どっちも散らかし屋だから、二人まとめて大学から追い出される可能性もあるけど」

「それはないでしょう」サラは答えた。「とにかく、順調みたいでよかったわ。困ったことがあったら、私たちに相談して」

「ええ、ありがとう」

「じゃあ、またね。おやすみ」

「おやすみなさい」

「あなたの家族？」ダーラが部屋から顔を突き出して尋ねた。

ミシェルはためらった。しかし、それもほんの一瞬のことだった。彼女はにっこり笑って言った。

「ええ。私の家族よ」

ミシェルはすぐに大学に馴染《なじ》んだ。友達も何人かできた。そのほとんどとは浅い付き合いだったが、ルームメイトのダーラとは馬が合った。ダーラも信心深く、乱痴気騒ぎのパーティや軽薄な男の子の誘いを避けていたからだ。そのため、二人は寮の部屋にいることが多かった。いつもポップコーンを食べながら、借りてきた映画を一緒に観《み》ていた。

ガブリエルの言葉は正しかった。大学に入って、ミシェルは成長した。他国の文化を学ぶうちに、世界に対する見方も変わってきた。彼女は文明の盛衰を、信仰の多様性を、科学の発展を、歴史の魅力を知った。フランス語の勉強も続けた。サラとガブリエルの会話を理解したかったからだ。生物学には泣かされたが、全体的に見れば、彼女は優秀な学生だった。

ほどなく期末試験の季節がやってきた。ミシェルは何日も生物学の実験室に寝泊まりし、試験の課題に取り組んだ。そのあとはダーラと図書館にこもり、試験勉強に没頭した。

「私、きっと試験に落ちるわ」彼女はダーラに弱音を吐いた。「負け犬としてうちに帰ることになるんだわ。紙袋で顔を隠して……」

「うるさいわね」ダーラはぶつぶつ言った。「大丈夫！　あなたも私も落ちないわ。だから、黙って勉強しなさい！」

ミシェルはため息をついた。「ありがとう。その言葉を聞きたかったの」

「僕は落ちるんだろうな」近くの席の男子学生がうめいた。「負け犬としてうちに……」

ダーラは彼にパンチを見舞った。

「ありがとう」男子学生はくすりと笑い、勉強を再開した。

ミシェルは余裕で期末試験をクリアした。ただし、コマンチウェルズに帰省した時点では、彼女はまだそのことを知らなかった。

ミシェルは出迎えてくれたサラを抱きしめると、

まず試験について報告した。「結果が出るまでは安心できないけど、たぶん大丈夫だと思うわ」それから周囲を見回し、サラに問いかけのまなざしを向けた。

「ガブリエルはまだ国外にいるの」サラは説明した。「クリスマスまでには戻る気でいたんだけど。本人も残念がっていたわ」

ミシェルは落胆した。「仕事じゃ仕方がないわよね」

「ええ。でも、あなたと私へのプレゼントは用意していったわ」サラの黒い瞳がきらめいた。「ずいぶん強気なことを言っていたわよ。絶対に私たちが喜ぶものだって」

「彼が選んでくれたものなら、たとえ石ころでも嬉《うれ》しいわ」ミシェルはため息をついた。「二人で買い物に行かない？　休暇中、ミネットのところで働けることになったから、少しは稼げるはずなの」

「いつでも付き合うわ」サラは約束した。

「ありがとう！」

「とりあえずホットチョコレートでも飲んで。大学の話を聞かせてよ！」

ミシェルはいくつかの興味深い仕事を割り振られた。その一つが二十世紀半ばのクリスマスについて高齢者にインタビューすることだった。最初は退屈そうな仕事に思えたが、アデレード・ダンカンの話を聞くうちに、そんな印象は吹き飛んだ。

「あの頃は、しゃれたデコレーションなんてものはなくてね」ミセス・ダンカンは淡いブルーの瞳をきらめかせながら述懐した。「ツリーの飾りは色画用紙で手作りしたのよ。クランベリーの花冠も作ったわ。ツリーの枝に蝋燭《ろうそく》を灯《とも》して、粉石鹸《せっけん》に水を少し混ぜて、雪に見立てたの。プレゼントは実用的なものが多かったわね。果物とか木の実とか手作りの服とか。私はある年、オレンジと毛糸の帽子をもらったわ。母が仕立てたレモン色のドレスをもらった年もあった。主人はヤドリギの下で私にキスをしたのよ。といっても、結婚するずっと前の話ね。当時、彼は十七歳で、私は十五歳だった。家族や親戚がフイドルとギターを演奏して、私たちはその調べに合わせて踊ったわ。私はフリルとレースがついたレモン色のドレスを着ていた。世界中の宝物を手にした気分だった」ミセス・ダンカンはため息をついた。

「主人とは五十五年間連れ添ったの。いつか、そう遠くないうちにまた彼と会えるわね。その時はもう一度二人でダンスをしたいわ」

ミシェルは涙をこらえた。「五十五年間」私には想像もできないわ。そんなに長い間、二人の人間が一緒にいたなんて。

「ええ。私の時代には、人は結婚してから子供を作ったものだけど」ミセス・ダンカンはかぶりを振った。「世界は変わってしまったわね。結婚の意味も変わってしまった。歴史は繰り返すというけど、文明の礎が揺らいだら、社会は崩壊するわ。あなたも大学でそのことを学ぶはずよ」彼女はうなずきながら付け加えた。「もしかして、あなたの歴史の教授はバーレイン教授？」

「ええ、そうですけど」ミシェルは虚を突かれた表情で答えた。

ミセス・ダンカンは笑った。「私もマリスト大学で歴史を学んだのよ。彼と同じ年に卒業したの。そのあと、彼は大学院へ進み、私は結婚して家庭を持った。でも、私の人生のほうが幸せだったと思うわ。彼はいまだに独身なのよね」

「お子さんたちはここに住んでいるんですか？」

「いいえ、世界中に散らばっているわ」ミセス・ダンカンは笑った。「でも、ビデオチャットで顔を見られるし、毎日メールのやり取りをしているから。

それが今の時代のいいところね」

「メールをなさるんですか？」ミシェルは驚いて聞き返した。

「メールだけじゃないわ。ツイッターもネットサーフィンもやるし、『ワールド・オブ・ウォークラフト』ではギルドを仕切っているのよ」

ミシェルは耳を疑った。自分の中にあった高齢者のイメージが、音をたてて崩れ去っていく気がする。

「あなたが……ゲームを？」

「私はゲームマニアなの」ミセス・ダンカンは肩をすくめた。「現実の私はもう走れないし、ジャンプもできない。でも、ゲームの世界でなら可能なの」

彼女の顔全体に笑みが広がった。「昨夜《ゆうべ》はバトルでウォフォード・パターソンをたたきのめしてやったわ。でもこれ、本人には内緒ね」

ミシェルはおなかを抱えて笑った。

「年寄りは揺り椅子に腰かけて、編み物でもしているものだと思っていたんでしょう？」

「ええ、実は」ミシェルは正直に認めた。「本当にすみませんでした！」

「いいのよ」ミセス・ダンカンはミシェルの手を軽くたたいた。「誤解は誰にもあることだわ」

「でも、私の場合は完全な偏見です」

「あなたは偉いわ。そうやって、ちゃんと反省できるんだから」

ミシェルは気持ちを切り換えて、インタビューを再開した。しかしその日を境に、高齢者に対する彼女の見方は大きく変わった。

ミシェルはミセス・ダンカンの記事をまとめた。そして、外回りから戻ってきたミネットに興奮気味に報告した。「彼女はゲームマニアなんですよ」

「時代が変われば、高齢者も変わるということね」

ミネットはうなずいた。「私は大おばと暮らしているの。彼女はゲームはやらないけど、テレビの太極拳教室を観ながら体を動かしているわ。メールもできるのよ」

「私の祖父母は、夕食後はポーチの揺り椅子に座っていました。祖父はパイプをくわえ、祖母はキルトを縫って。そうやって、二人でとりとめのない話をしていました」ミシェルはかぶりを振った。「まるで別の世界みたい」

「そうね」ミネットは少しためらってから問いかけた。「ガブリエルは戻ってきたの？」

ミシェルは首を横に振った。「私たち、彼がどこにいるのかも、何をしているのかも知らないんです。もうすぐクリスマスなのに」

ミネットは知っていた。だが、そのことをおくびにも出さなかった。「クリスマスの日に帰ってきて、あなたたちを驚かせるつもりかもしれないわ」

ミシェルは無理に笑顔を作った。「そうですね」

ミシェルとサラはツリーを飾った。ツリーはまだ根がついたもので、ガブリエルの牧場で働く二人の男性が大きなバケツで運び込んでくれたのだった。

リビングルームにツリーを立てようと奮闘している男性たちに、サラは声をかけた。「私、木を殺すのがいやなのよ。手間をかけてごめんなさいね」

背が高いほうのカウボーイが、帽子を胸に当ててにやりと笑った。「これくらいお安いご用です」

「いや、まったく」背が低いほうのカウボーイがうなずいた。

彼らは笑顔でサラの前に立っていた。やがて、一人がもう片方を小突き、揃《そろ》って仕事に戻っていった。その間も、彼らの頬は緩みっぱなしだった。

「二人とも、すっかりのぼせていたわね」ミシェルは笑った。「あなたがあまりにきれいだから」

サラは顔をしかめた。「いい迷惑だわ」

「だったら、砂に顔を突っ込んでおくべきね。ツリーの飾りはどうするの？」

「こっちよ」サラは梯子《はしご》を下ろし、ミシェルを屋根裏部屋へ案内した。

サラとミシェルは午後いっぱいをかけてツリーを飾りつけた。

最後にカラフルな豆電球が点灯すると、ミシェルは息をのんだ。「こんなに見事なツリーは見たことがないわ！」

「ほんと、すてきよね」サラはツリーの枝をもてあそんだ。「でも、木が枯れないように注意しなきゃ。クリスマスが終わったら、玄関のステップのそばに植えさせるわ。私、白松が大好きなの！」

「ワイオミングが恋しいんじゃないの？」ミシェルは気遣わしげに尋ねた。サラがここにいるのは彼女の帰省のため、彼女とガブリエルを二人きりにしないためだとわかっていたからだ。

「少しね。でも、私が向こうに住んでいたのは、ガブリエルがこの牧場を買ったから、誰かが向こうの牧場を管理しなきゃならなかったからよ。特に親しい友達がいるわけでもないし、ここにいるほうが楽しいわ」サラは小さな家をかたどった飾りを撫《な》でると、黒い瞳を和ませた。「これは祖母のものだったの。結婚前に祖父が彼女のために作ったのよ。どこにいても、これさえあれば我が家の気分になれるわ」

「母方の祖父母？」

サラの表情が硬くなった。「いいえ。父方よ」

「ごめんなさい」

サラはミシェルに向き直った。美しい顔が悲しみに曇っている。「謝るのは私のほうよ。私は母の話も彼女の身内の話もしないようにしているの。私の弱点みたいなものね」

「私にとっては継母の話がそうだわ」

「ええ」

サラとガブリエルは母親と継父のせいで悲惨な子供時代を過ごしたのだ。ミシェルはそのことを知っていた。だからこそ、素知らぬ顔で話題を変え、ほかの飾りについて質問した。

しかし、サラはだまされなかった。そのあと、キッチンでホットチョコレートを飲んでいた時、サラは黒い瞳でミシェルを見据えた。

「兄からどこまで聞いているの？」

ミシェルの両手の中でマグカップが震えた。熱い液体がこぼれそうになる。

「気をつけて。火傷《やけど》しないように」サラは言った。

「答えて、ミシェル。ガブリエルはあなたにどこまで話したの？」

ミシェルは顔をしかめた。

「わかったわ」サラは大きく息を吸うと、ホットチョコレートをすすった。「ガブリエルは一度もあの話をしない。でも、あなたには話したのね」彼女は不安げな灰色の瞳をのぞき込んだ。「私は怒っているんじゃないの。ただ、驚いているだけ」

「彼が私に話したことに？」

「そう」サラは寂しげに微笑した。「兄は人に心を開かないの。たいていの人には冷淡なくらいよ。でも、そんな兄が電話をかけてきて、女の子を引き取りたいから、おまえもこっちに来てくれと頼んだ。あの時は本当にびっくりしたわ」彼女は笑ってかぶりを振った。「最初は冗談かと思ったほどよ」

「でも、彼は冷淡な人じゃないわ」ミシェルは戸惑いとともに言い返した。

「あなたに対してはね。私はもう何年も兄の笑い声を聞いたことがなかった。でも、あなたと一緒だと、彼はいつも笑っている。なぜかわからないけど、あなたは彼に安らぎを与えているのよ」

「私にはわからないわ。本当にそうだったら嬉しいけど」

「あなたは兄を慕っている。それは明らかよね」

ミシェルは顔を赤らめた。視線を上げることができない。

サラは笑った。「大丈夫。兄はあなたの気持ちにつけ込むような真似《まね》はしないわ。だから、私がここにいるのよ」

「子供に関わる気はないということね」ミシェルはぼそぼそと言った。

「あなたも、いつまでも子供ってわけじゃないでしょう」

「でも、彼は行く先々できれいな女性と出会っているはずよ」

「見た目なんて関係ないの」サラは微笑した。「あなたもそのうちにわかるわ」

ミシェルは答えなかった。体の内に温《ぬく》もりを感じながら、無言でホットチョコレートをすすった。

クリスマスを翌週に控えた金曜日の昼頃、ランチハウスの私道で一台のトラックが停《と》まった。

外で馬を撫でていたミシェルは、そのトラックを見て息をのんだ。そしてトラックから降りてきた男に向かって、一目散に駆け出した。

「ガブリエル！」

振り返ったガブリエルの顔がぱっと輝いた。彼は両腕を広げ、飛び込んできたミシェルを抱き上げて振り回した。

「会いたかったわ」ミシェルは声を詰まらせた。

「僕も」耳元でささやくと、ガブリエルは顔を上げ、ミシェルを地面に立たせた。黒い目を細めて彼女の顔を凝視し、指先で柔らかな唇に触れる。「マ・ベル」彼はミシェルの顔を両手でとらえて繰り返した。

「マ・ベル、火の中に落ちていくような気分だ……」

ガブリエルの顔が近づいてくる。ミシェルの心臓が轟《とどろ》いた。彼女は唇にガブリエルの息を感じた。男らしいコロンの香りが彼女の感覚を刺激した。

「ガブリエル！」

サラの弾んだ声が二人を現実に引き戻した。ガブリエルは咳払《せきばら》いをし、近づいてきた妹を抱擁した。サラは兄の胸に顔を埋《うず》めた。「おかえりなさい」

「ただいま」

「ちょうどスープができたところよ。お昼はもう食べたの？」

「いや。腹ぺこだ」ガブリエルはミシェルを見ないようにして答えた。

緊張を解くために、ミシェルも口を揃えた。「私も腹ぺこよ」

「中に入って」サラは兄の腕をつかんだ。「どこから戻ってきたの？」

「ダラスからだ。二日前に帰国したが、向こうに用事があってね。ついでにサンアントニオに寄って、今夜のバレエ公演のチケットを入手した」彼はミシェルに視線を投げて、にんまり笑った。「僕と《くるみ割り人形》を観に行かないか？」

「行くわ。絶対に行く」ミシェルは即答した。「でも、何を着ていけばいいのかしら？」

「イブニングドレスよ」サラが答えた。「前に私が買ってあげたでしょう。あなた、まだあれを着たことがなかったわよね」

「着る機会がなかったから」ミシェルは頬を赤らめた。「私、大学では誰ともデートしていないの。勉強で忙しくて、それどころじゃないのよ」

「ほんとかな？」ガブリエルは笑ったが、安堵《あんど》しているようでもあった。

「出発は何時？」サラが尋ねた。

「六時だ。三人で行くから、おまえも準備を始めたほうがいいぞ」ガブリエルはそう付け加え、妹と目で会話した。

落胆を隠して、ミシェルは叫んだ。「みんなで出かけるの？　楽しみだわ！」

サラは彼女にウィンクした。「じゃあ、私はクローゼットの総点検をしてくるわ」

ガブリエルはミシェルを見下ろした。「マ・ベル、君だけを連れていくわけにはいかない。理由は君にもわかるだろう」

ええ、わかるわ。トラックの横で抱きしめられた時に感じたもの。彼も私を求めているんだと。

ガブリエルと出会う前の私は、欲望がどんなものなのか知らなかった。でも、今の私は知っている。自分の中にある欲望に気づいている。その欲望はどんどん大きくなっていく。彼に近づくたびに。彼に見つめられ、話しかけられるたびに……。

「わかるよね？」ガブリエルは彼女の唇を親指で撫でた。「まだ早すぎる。その時期じゃない」

ミシェルは歯を食いしばった。できれば今この場で彼を押し倒したい。彼に覆い被《かぶ》さって……その先はどうすればいいの？　私が読んだ本には書いてなかったわ。

「何を考えているんだ？」ガブリエルが尋ねた。

「あなたを押し倒すこと」ミシェルはとっさに口走ってから頬を染めた。「でも、その先がわからないの。私には……」

ガブリエルは吹き出した。

「あなただって、生まれた時から知っていたわけじゃないでしょう？」ミシェルはぶつぶつ言った。

「確かに」ガブリエルは指先で彼女の鼻に触れた。「その先は知らなくていい。今はまだ。僕たちが二人きりになることは当分ないんだから」

ミシェルは大きなため息をついてから、笑顔に戻った。「オーケー」

10

クリスマス・イブの夜、三人はツリーを囲むように腰を下ろした。暖炉では眠気を誘うような火がちろちろと燃えていた。クリスマス音楽の特集番組を観《み》ながら、彼らはその火でマシュマロを焼いたり、ホットチョコレートをすすったりした。

それはミシェルの人生で最も幸せな時間だった。スターに彼女は何度もガブリエルに視線を投げた。あこがれる女の子のように、うっとりと彼に見とれた。ジーンズにフランネルのシャツというラフな出《い》で立《た》ちをしていても、ガブリエルは夢の王子様のように魅力的だった。

彼らは翌朝まで待たず、その夜のうちにプレゼントを開けた。サラが朝は起きられそうにないと宣言したからだ。

サラからミシェルへのプレゼントは、豊かな配色が美しいブランド物のスカーフだった。ミシェルはさっそくスカーフを首にかけ、喜びを全身で表現した。次に彼女はガブリエルからのプレゼントを開けた。赤い革の箱から出てきたのは、オフホワイトの真珠でできたネックレスとイヤリングのセットだった。真珠は日本製だという。ガブリエルは旅先でこれを購入し、クリスマスまで隠していたのだ。

有頂天で試着したミシェルを眺めて、ガブリエルはうなずいた。「この色合いで正解だったな」

「ほんと、よく似合っているわ。私の分もありがとう」サラは兄の日に焼けた頬にキスをした。彼女に贈られたネックレスは、白い真珠で作られていた。

「僕もいいものをもらった」ガブリエルが二人からのプレゼントを掲げた。ミシェルが贈ったのは、彼が特に気に入っている番組のＤＶＤコレクションだった。サラはデザイナーズブランドの黒いタートルネックのセーターを贈っていた。

ミシェルからサラへのプレゼントは手作りのマフラーだった。それは柔らかな白い毛糸をかぎ針で丹念に編み上げたもので、飾り房もついていた。

サラは大喜びで宣言した。「冬の間はずっとこれを巻くわ」

ミシェルはわざとあちこちにヤドリギを吊《つ》るしておいた。しかし、その程度の作戦ではガブリエルの決意を覆すことはできなかった。彼はミシェルの頬にキスをした。にっこり笑って、君のクリスマスと新年が最高のものになりますようにと祈った。だが、彼女を無人の部屋に引きずり込み、息が止まるようなキスをすることはなかった。何がなんでも私を大人とは認めないつもりなのね。ミシェルは落胆した。だが心のどこかでは、これでよかったのかもしれないと考えていた。

三年という歳月はミシェルが思っていたよりも短かった。彼女はサンアントニオの日刊紙の非常勤の記者となった。そこで政治的なニュースを担当しながら、大学での勉強を続けていた。

早く学位を取るために、彼女は夏の間も講義を受けた。それでも、祝日には必ず帰省した。ガブリエルはほとんど家にいなかったが、サラがいてくれたからだ。サラはワイオミングの牧場に生活の拠点を戻していた。ミシェルも夏休みをそこで過ごしたことがあるが、とても美しい場所だった。サラは以前と様子が違っていた。本人は何も語ろうとしないが、ウォフォード・パターソンとの間に新たな動きがあったらしい。ガブリエルの話では、セラピーも再開したということだった。

ウォフォード・パターソンもワイオミング州ケイ

トローに居を移していた。ブランドン兄妹《きょうだい》の牧場の近くに大きな牧場を購入し、コマンチウェルズの牧場は監督に任せることにしたのだ。サラはこの隣人の登場を迷惑がっていたが、ミシェルにはそれが彼女の本心だとは思えなかった。

サラは相変わらずオンラインゲームをし、謎のゲーム仲間とともに夜遅くまで戦いを繰り広げていた。「彼はとても紳士なの」ある朝、コーヒーを飲みながらサラは言った。「向こうは私に会いたがっているんだけど……」

「いい人なら、会ってみれば？」ミシェルは素知らぬ顔で答えた。彼女はサラのゲーム仲間の正体を知っていた。二人が直接会えば、サラがショックを受けることもわかっていた。だが、それを口にする勇気はなかった。

「人には表と裏があるから」サラの黒い瞳に苦痛がにじんだ。「嘘《うそ》くさいほどの善人っているでしょう。そういう場合、たいていは本当に嘘なのよね」

「彼は本物の正義の味方かもしれないわ」ミシェルはからかった。「会って確かめてみるべきよ」

「でも、コウモリたちと洞窟で暮らしている人食い鬼って可能性もあるのよ」サラは笑った。「やっぱり、やめた。私は今のままがいいわ。現実の世界で男性に関わりたいとは思わないもの」彼女の顔が強《こわ》ばった。「思いたくても思えないもの」

ミシェルは眉をひそめた。「サラ、あなたはとても美しい……」

「美しい！」サラは冷笑した。「私は醜く生まれたかった。そうすれば、もっと楽に生きられたのに。あなたは知らないのよ」彼女は荒々しく息を吸い込んだ。「いいえ、あなたは知っているのよね。人は皆、子供時代を背負って生きている。私の子供時代は最悪だった。だから、私はこんな歪《ゆが》んだ人間になってしまったんだわ」

「もっと早くセラピーを受けるべきだったのよ」ミシェルはやんわりと指摘した。

「前も受けていたのよ。でも、その時は逆効果だった。私は見ず知らずの他人とは話ができないの」

「相手が悪かっただけかも」

サラは不意に顔を赤らめ、夢見るようなまなざしになった。「そうね。今度は全然違うわ」

やっぱりね。ワイオミングで何かが起きつつあるんだわ。ミシェルはにんまり笑った。

サラの黒い瞳に奇妙な輝きが宿った。「人生って意外といいものね」彼女は小さな笑みをもらすと、腕時計に目をやった。「私、いくつか電話をかけなきゃならないの。ありがとう。あなたがいてくれてよかった」

「私、何かした？」

「私を気遣ってくれたわ」

ミシェルは大学最後のクリスマスを楽しみにしていた。ところが、その前にダーラに説得されて、彼女のボーイフレンドの友人とブラインドデートをすることになった。デートの相手はラリーといった。ラリーは少し横柄なところがある株の仲買人で、食事の最中も携帯電話を手放さず、五秒おきに誰かとしゃべっていた。一方、ダーラのボーイフレンドのボブはひどく恐縮していた。友人の非礼を詫《わ》びているかのようだった。

「まともな男だと思ったんだけど」食後に行った化粧室で、ダーラはミシェルにささやいた。「ボブも後悔しているみたい」

「単に仕事が好きってだけでしょう」ミシェルはさらりと受け流した。「それに、私の心にはもう決まった人がいるの。ラリーみたいな人が入り込む余地はないわ」

「よくわかるわ。私もあなたのミスター・ブランドンに会ったことがあるから」ダーラはくすくす笑い、かぶりを振った。「彼は本当に魅力的よね」

「でしょう?」

「私はボブとバーに寄ってから帰るわ。でも、ラリーを携帯電話から引きはがして、おやすみの挨拶ができるかしら?」

「私もあなたと一緒にボブの車に乗りたかった」ミシェルはため息をついた。「さすがのラリーも運転中は無口だったけど」

「ラリーはなぜ自分で車を出すと言い張ったのかしら?」ダーラは首を傾《かし》げた。「わけがわからないけど、それが男ってものなのかもね」

しかし、女性たちが気づいていないだけで、ラリーには彼なりの考えがあった。当時、ミシェルとダーラは寮を出て、一緒にアパートメントで暮らしていた。そのアパートメントのドアまでミシェルを送ってくると、彼は強引に中へ入り込み、いきなりジャケットを脱ぎ捨てた。

「ようやく二人きりになれた」ラリーは鼻の穴を膨らませ、彼女のほうへ手を伸ばした。「さあ、食事と飲み物の見返りに……」

ミシェルはぎょっとして彼の手をかわした。「あなた、頭がおかしいんじゃないの?」

「食事代は僕が払った」ラリーはうなった。「君は僕に借りがある!」

「借り? 冗談じゃないわ!」ミシェルは玄関へ走り、ドアを引き開けた。「私の分の食事代は小切手を送ります! さっさと出ていって!」

「僕をじらす作戦だな」ラリーはドアを閉めようとした。次の瞬間、ドアの向こうから大きな手が現れた。彼は腕をつかまれ、外へ放り出された。

「ガブリエル!」ミシェルは息をのんだ。

ラリーが立ち上がりながら凄《すご》んだ。「僕にこんな真似《まね》をして、ただですむと思うなよ！」

ガブリエルはファイティング・ポーズを取った。

「来いよ。いい運動になる」

ラリーは正気に戻り、ミシェルに目をやった。ミシェルはいったん奥へ引っ込み、取ってきた彼のジャケットを投げつけた。

「食事とベッドはセットじゃないのよ」彼女は冷ややかに言い渡した。

ラリーは言い返そうとした。しかし、ガブリエルの不穏な表情に怖《お》じ気《け》づいたのか、小声で何かつぶやいただけで自分の車に戻り、逃げるように去っていった。

ガブリエルはミシェルとともにアパートメントの中に入った。危機感が安堵《あんど》感に変わり、涙となってミシェルの瞳からあふれ出た。

「泣かないで、マ・ベル」ガブリエルは彼女を引き寄せてキスをした。彼女が息をすることも忘れるほど激しいキスだった。

ガブリエルが顔を上げた。黒い瞳が欲望に煙っていた。ミシェルはその瞳に魅了された。彼女の唇はガブリエルの味がした。彼女の両手の下で、ガブリエルの心臓が轟《とどろ》いていた。

「やっとだ」ガブリエルは彼女を抱きしめ、二人の唇を軽く触れ合わせた。「やっと！」

どういう意味なの？　そう尋ねようとして、ミシェルは口を開いた。だが、いきなりのキスが彼女の声を奪った。彼女はガブリエルにしがみつき、彼の力強い動きを全身に感じるために、自ら体を密着させた。ガブリエルはすでに興奮していた。しかし、それを怖いとは思わなかった。

ミシェルはうめいた。その声がガブリエルをさらに興奮させた。キスを続けながら、彼はミシェルを抱き上げた。彼女をカウチに横たわらせ、その上に自分の体を重ねる。

「柔らかいね」ガブリエルはささやいた。「柔らかくて甘い。すべて僕のものだ」

ミシェルは何か言おうとした。だが、ガブリエルに再びキスをされると、何も考えられなくなった。彼女は大きな手がドレスの内側に入ってくるのを感じた。その手は柔らかさを確かめながら上へ向かい、ついにレースのブラジャーに包まれた胸の膨らみまで行き着いた。

「絹みたいな感触だ。どこもかしこも」ガブリエルはつぶやいた。手探りでファスナーを下ろし、ミシェルのドレスを脱がせた。その下のスリップとブラジャーも取り去り、彼女の全身を唇でたどった。

ミシェルには一度も経験がない。その事実がガブリエルを興奮させていた。彼は貪欲にミシェルを味わった。彼女の胸に鼻を押しつけ、柔らかな膨らみにキスをした。

気がつくと、彼のシャツとジャケットが床に転がっていた。ミシェルはむきだしの胸に彼の粗い胸毛を感じた。誰にも触れられたことのない場所に彼の欲望を感じた。

ガブリエルが動いた。ミシェルは悲鳴をあげた。衝撃に衝撃が重なり、快感の渦が生じた。彼女はガブリエルにしがみつき、その先を求めた。そこに何があるのか、彼女はまだ知らなかった。ただ、この苦しみから解放してほしかった。

ガブリエルは二人の唇を合わせ、まだ触れていなかった部分に手を移した。ミシェルは全身を震わせながら唇を開き、すすり泣くような声をもらした。ガブリエルはその開いた唇の間に舌を差し入れた。その間も、彼の両手は動きつづけていた。

突然、痛みにも似た快感がミシェルの全身を貫いた。その衝撃はガブリエルにも伝わった。このまま突き進みたい。ミシェルと一つになりたい。彼はうなり声をあげ、その衝動と闘った。

ミシェルはヴァージンだ。反応を見ればわかる。彼女はまだ男を知らない。今はだめだ。こんな形ではだめだ。いつか振り返った時、彼女が恥ずかしいと思わずにすむ形でなければ。

だから、彼は苦痛に耐えた。ミシェルを抱き寄せ、彼女が初めての絶頂から回復するまで、ただひたすら耐えつづけた。

ミシェルは泣いた。ガブリエルは優しいキスで涙を拭ってくれた。それでも、涙は止まらなかった。彼女は困惑した。泣き腫らした顔をガブリエルに見られたくなかった。

ガブリエルはミシェルの気持ちを察し、キスで彼女のまぶたを閉じさせてささやいた。「君は僕だけのものだよ。君をほかの男に渡すくらいなら死んだほうがましだ」

ミシェルはまぶたを開き、黒い瞳をのぞき込んだ。

「本当にそう思ってる?」

「ああ」ガブリエルは彼女の裸身を見下ろした。ピンク色に染まった滑らかな肌を食い入るように見つめ、左右の胸の膨らみにそっと触れる。「僕は君ほど美しい女性に会ったことがないし、今後会うこともないだろう」

ミシェルは唇を開き、震える息を吐いた。

ガブリエルは彼女の胸にキスをした。「そろそろ起きようか」

ミシェルは無言で彼を見つめた。

ガブリエルは笑った。「僕の我慢にも限度があるからね」

「私は……いいのよ」ミシェルはささやいた。「もしあなたにその気があるなら」

「その気はある。でも、君を後悔させたくない。こんな形で君と結ばれるのはいやだ。もっときちんとした形でないと」

「きちんとした形?」

「君が大学を卒業して働きはじめたら、僕は花束とチョコレートを持って君に会いに来る」ガブリエルは彼女の唇をなぞりながらつぶやいた。「そして、最後に指輪を渡す」

「指輪？」

ガブリエルはうなずいた。

「もしかして……婚約指輪？」

彼は微笑した。

「でも、婚約する前に結ばれる人も大勢いるわ」

ガブリエルは立ち上がった。「人は人、僕たちは僕たちだ」

「まあ」

彼はミシェルに服を着せた。自分がはぎ取ったもので再び彼女の体を包む行為を楽しんだ。ミシェルのうっとりとした表情を見て、彼は笑った。「君には信念がある。その信念は現代的な性へのアプローチを認めていない。だから、僕たちは君の流儀でいく」

「でも、少しくらいなら信念を曲げても……」ミシェルはあきらめきれずに食い下がった。

「僕は君の幸せを大事にしたい。せっかくここまで待ったんだ。欲望に流されて、美しいものを汚すつもりはないよ」

ミシェルは黒い瞳を見上げた。「私もずっと待っていたわ。あなたのことを」

「わかってる」ガブリエルは彼女の髪を撫《な》でつけた。

その時、外で車のドアが閉まり、足音が近づいてきた。

ダーラだわ！　ミシェルはぎょっとした。もし服を着ていなかったら、どんなことになっていたかしら？

彼女のうろたえぶりを見て、ガブリエルは笑った。

「ほらね？　僕が正しかっただろう？」

ドアが開いた。ダーラとボブは足を止め、まじまじとガブリエルを見つめた。次の瞬間、ダーラがにんまり笑った。「あらまあ！　ラリーったら、すっかり人が変わっちゃって！」

彼女の言葉に、残る三人はいっせいに吹き出した。

ミシェルは優等で大学を卒業した。式にはガブリエルとサラも出席し、卒業証書を受け取るために通路を進んでいく彼女に拍手を送った。式のあと、三人は外で食事をすませてから帰宅した。しかし、ガブリエルはすぐに出かけると言いだした。何か深刻な問題が起きたらしく、心ここにあらずといった感じだった。

「どういうことか教えてくれない？」ミシェルは尋ねた。

ガブリエルは首を振り、彼女に優しくキスをした。

「とにかく僕は国を留守にする。二、三カ月は戻れないだろう」

「そんな！」

「今回だけだよ。これがすんだら、旅の少ない仕事に変わる」ガブリエルは約束した。「我慢してくれ。仕方がないんだ」

ミシェルは大きく息を吸った。「オーケー」

「君もサンアントニオで仕事が待っているだろう。日刊紙の記者という仕事が」ガブリエルは笑顔で指摘した。「あそこは質の高い報道で知られている。君もいい記者になれ。ただし、あまり馴染《なじ》みすぎないでくれよ」謎めいた口調で彼は付け加えた。「帰国したら、話があるから」

「話すだけ？」ミシェルは微笑した。

「ほかにも色々」

「色々ね」ミシェルは彼を引き寄せてキスをした。

ガブリエルもキスを返した。だが、サラが部屋に入ってくるとさりげなく身を引き、彼女とも抱きしめ合った。

彼は戸口で立ち止まり、笑顔で女性たちを振り返った。「二人で助け合うんだぞ」それから、妹に向かってにやりと笑った。「幸せか？」

サラは長い髪を一振りして笑い、ため息をついた。「幸せすぎて怖いくらいよ」

次に彼はミシェルに向き直った。「すぐに戻るよ。君が寂しくなる前に」なんて悲しそうな顔をしているんだろう。誰が見ていようとかまわない。この場でミシェルにキスをしたい。でも、今はその時期じゃない。それに、いったん始めたら、自分を止められそうにない。

「無理な話ね」ミシェルは小声でつぶやいた。「私はもう寂しいもの」

最後にウィンクすると、ガブリエルはドアを閉めた。

ミシェルは新しい仕事を楽しんだ。大学時代に培った経験と知識を駆使して、与えられた仕事を次々とこなしていった。

大きなニュースが飛び込んできたのは、彼女が入社してから二カ月目のことだった。中東の小国で女性と子供たちが虐殺される事件が起きたのだ。犯行グループとして名指しされたのは、エンジェル・ルヴというカナダ人が率いる傭兵《ようへい》部隊だった。しかも、そのエンジェル・ルヴなる人物は、テキサス州ジェイコブズビルでエブ・スコットが運営しているテロ対策訓練所と関わりがあるとも言われていた。

ミシェルはただちに取材を開始した。そして多国籍の駐留部隊と敵対するイスラム教徒の小さな村で女性と子供たちを殺した集団について、徹底的に調べ上げた。

事件の首謀者と言われる男の名前は、なんとも皮肉なものだった。エンジェル・ルヴはフランス語で、〝天使はそれを望む〟という意味だったからだ。十六世紀のフランスでは、国王が被告を有罪にしたい場合に〝王はそれをお望みだ〟という表現が用いられた。謎の天使がヨーロッパの歴史に通じていることは明らかだ。それほど教養のある男がなぜ暴力に関わる生き方を選んだのだろうか。ミシェルはただ首を傾げるばかりだった。

ミシェルはまずジェイコブズビルへ行き、事件に関わりがあるとされるエブ・スコットから話を聞くことにした。彼女は間接的にこのテロ対策の専門家を知っていた。亡き父親の学友だったからだ。

彼女の父親はよく言っていた。エブは弱者の味方だ。あれほど立派な男はどこを探してもいないと。そんな人物が無力な女性や子供の殺害を命じるとは考えにくかった。

エブはミシェルと握手をし、自宅に招き入れた。その日、彼の妻子は留守にしていた。夏物の服を買いにサンアントニオまで出かけたということだった。

ミシェルは椅子に腰を下ろすと、まず感謝の言葉を口にした。「今日はお時間を作っていただき、ありがとうございます。それにしても、この状況下でよく私に会ってくださいましたね」

「マスコミから逃げてもいいことはない。もっとも、今回のように事実が明らかになるまで避けるべきケースもあるが」エブは重々しく答え、彼女の灰色の瞳をのぞき込んだ。「君はアラン・ゴドフリーの娘だね」

「はい」ミシェルは微笑した。

「子供の頃は夏になるとコマンチウェルズの彼の実家に来ていたな」エブも笑みを返した。「ミネット・カーソンが君のことを褒めていた。昨日、彼女の取材を受けてね。うちの隊長が吊るし上げられる前に、少しは真実がマスコミに伝わればいいが」

「その隊長のことですけど」ミシェルは持参したメ

モを見返した。「変わった名前ですね」

「ルヴのことか」エブは再び微笑した。「あれは我の強い男でね。十六世紀のヨーロッパの歴史にかけてはちょっとした権威だ。地元の娘と結婚したキルレイブンというＦＢＩ勤めの男がいるんだが、ルヴはよくそのキルレイブンと揉《も》めているよ。スコットランド女王のメアリーが本当に夫殺しに荷担したかどうかで」

「その人は以前からあなたのもとで働いていたんですか？」

エブはうなずいた。「もう何年も前から。彼はいつも命がけで罪のない人々を救ってきた。事実が明らかになれば、彼の潔白も証明されるはずだ」

エブが話をする間、ミシェルはノートパソコンのキーボードをたたいていた。「彼はカナダ人ですよね？」

「カナダとアメリカ、両方の国籍を持っているが、人生の大半はこのアメリカで暮らしてきた」

「今はジェイコブズビルに住んでいるんですか？」

エブはためらった。

ミシェルはキーボードから手を離した。「答えたくないんですね？　もし彼に家族がいたら、今度の件でその家族まで傷つくかもしれません。彼らがどこに逃げたとしても、マスコミは必ず見つけ出しますから」

「うまそうな骨を追いかける犬と同じだ」エブの声にいらだちが混じった。「連中は餌を求めている。その餌が本物だろうが偽物だろうが関係ない。時間がない場合は嘘でごまかすし、手柄欲しさに平気で他人の人生を踏みにじる。私はそういう例をいくつも見てきた」彼はそこで言葉を切った。「ただし、君は例外だ。君のことはすべてミネットから聞いているよ」

ミシェルは小さくほほ笑んだ。「ありがとうございます。私は常に公正であることを心がけています。私見を交えず、裏と表の両面からニュースを扱いたいと思っています。私は、テレビの報道はあまり好きじゃありません。公正を謳《うた》っていますが、コメンテーターの意見は偏ったものが多い気がします。彼らは裁判官気取りで人を裁くんですよね」彼女はかぶりを振った。「でも、うちの新聞は違います。編集長も、社主でさえも、正確で公正な報道が何より大切だと考えています。先月、うちの記者が一人解雇されました。無実の男性を犯人扱いする記事を書いたという理由で。その記者は目撃者がいると断言しました。記事の正しさを証明できると言いきりました。でも、犯人扱いされた男性が訴訟を起こし、別の記者が再調査した結果、男性には事件当時のアリバイがあり、問題の記者がそれを無視したことが判明したんです」

エブは椅子の背にもたれ、ため息をついた。「よくある話だ。大手の新聞でさえ、それと同じようなミスを犯す」

「私たちは努力しています」ミシェルは静かに訴えた。「本気で努力しています。大半の記者は、ただ人を助けたいと願っているんです。問題を指摘し、社会の役に立ちたいと」

「それはわかっている。だが、樽《たる》の中に腐った林檎《りんご》が一つあると、ほかの林檎まで腐ってしまうものなんだよ」

「そのエンジェルという人物にインタビューすることは可能ですか?」

彼女に話していいものかどうか。エブは唇を噛《か》み、思案したあげく答えた。「それは無理だな。隊長は今、我々の指示で身を隠している。マスコミが血眼で捜しても簡単には見つからない場所に。それに、ヒューストンのデイン・ラシターの調査会社に依頼したから、じきに真実がわかるだろう。ラシターは元警察官だ。真実を突き止めることにかけて、彼の右に出る者はいない」

「彼のことは知っています。たしか、息子さんが麻薬がらみの抗争に巻き込まれたんですよね？」

「ああ、少し前に」

「話せることは話してください。その人を犯人と決めつけるような記事は書きませんから。彼の部隊の隊員たちはアメリカに帰国しているんですか？」

「それも今は言えないな」エブは答えた。「別にごまかしているつもりはない。うちの者たちをマスコミのリンチから守っているだけだ。彼らには弁護士をつけてある。証拠もすぐにラシターが見つけてくれるだろう」

「わかりました」

「今わかっていることを教えよう。うちの隊長は国務省から依頼を受けて、アナスラという村で地元の部族の男と会うことになった。その男は政府高官の庇護《ひご》を受けて村に潜伏しているテロ組織の情報を持っているという話だった。隊長は変装し、小隊を引き連れて村へ向かった。ところが、村に着いてみると、情報源の男もその家族も全員死んでいた。そして、テロリストの一人が隊長を指さし、この連中の仕業だとわめき立てた。おそらく大金に釣られて偽証したんだろう。私はそう確信している」

ミシェルは眉をひそめた。「本気で信じているんですか？」

エブは彼女を見返した。「もし君がエンジェルを知っていれば、そんな質問はしないはずだ」

「すみません、ミスター・スコット。でも、それが私の仕事なんです」

エブはほっと息を吐いた。「今度のことで私がどれほど苦しんでいるか、君には想像もできないだろうね。私が手ずから鍛えた男たちが、ともに汗を流してきた男たちが非道な罪に問われている」彼の表情が険しくなった。「その背景にあるのは金だ。すべては金の力だ。もし事実が明らかになれば、誰かが大損をすることになるだろう」

「気の毒な話ですね」ミシェルはつぶやいた。しかし、その口調には同情のかけらも感じられなかった。

彼女は質問を続けた。エブは真摯に答えた。その姿に彼女は感銘を受けた。世間では傭兵は金のために戦う男たちだと思われている。だが、エブ・スコットは違った。彼はテロリズムと戦うために男たちを鍛えていた。ジェイコブズビルにある彼の訓練所では、世界中からやってきた男女が専門技術を学んでいた。その中には政府機関の諜報《ちょうほう》部員も交じっているという噂《うわさ》だった。

訓練所には最先端の電子機器が揃《そろ》っていた。まだ実験段階のものさえあった。訓練の内容も多岐にわたっていた。攻撃を避けるための運転技術、爆発物の処理、即席で武器を作る方法、隠密《おんみつ》行動、格闘技。

ミシェルはそうした活動の一部を撮影することを許された。教官や生徒の姿は写真に撮れなかったが、そこで見聞きしたことは彼女にとって大きな収穫となった。

取材を終えると、ミシェルは言った。「傭兵に対する見方が百八十度変わった気がします。本当に感動しました」

「そう言ってもらえると、私も案内した甲斐《かい》があるというものだ」

「ただ、電子メディアは活字メディアにはない情報源を持っています。うちも含めて、最近の新聞はデジタル版も出していますが、大手のネットワークには調査の専門家が何十人もいます。彼らがその気になれば、見つけられないものはありません。あなたの隊長も。その隊長の家族も」

「私はそうならないことを祈るよ。罪のない多くの人々のために」

エブのその言葉を噛みしめながら、ミシェルは訓練所をあとにした。

11

ミシェルは記事を書きはじめた。公正であろうと努力はしたが、虐殺現場の写真を見ると感情が高ぶった。子供たちの小さな亡骸《なきがら》。その亡骸にすがって泣く大人たち。もしエンジェル・ルヴが犯人なら、この報いを受けるべきだわ。

それでも、彼女は感情に流されることなく、様々な視点から見た事実だけを提示した。最近アナスラの友人と連絡を取ったというサウジアラビア在住の男性から話を聞き、国務省の人間にも取材した。その人物の話によれば、事件の直後に役人の案内で現地入りした同省の職員は、傭兵《ようへい》たちが犯人だと確信しているということだった。通訳を介してインタビューした村の老人も、アメリカ人が首謀者だと断言した。

ところが、一人だけそれを否定する村人がいた。ミシェルは隣接するサウジアラビアの特派員に依頼し、現地でその村人を取材してもらった。そこで名前が出たのは、ある有名なテロリストだった。殺された部族の男性は政府や外国人に協力していた。そのことをテロリストに糾弾され、脅迫されていたというのだ。村人はそのテロリストこそが犯人だと言いきった。時間さえあれば、それを証明することも可能だと。

ここでミシェルはジャーナリストにあるまじき過ちを犯した。信憑《しんぴょう》性が感じられないという理由で、この小さな声を軽視したのだ。彼女は取材内容を記録し、データとして保存した。しかし、実際の記事には反映させなかった。

アナスラで起きた虐殺事件はアメリカ全土を震撼《しんかん》させた。マスコミはいっせいにこのニュースを報じた。中東の村で子供たちが殺された。犯人は傭兵たちだ。彼らは慈悲を乞う親たちを無視し、自動小銃で幼い命を奪ったと。テレビでは、泣き崩れる親族たちの姿が映し出された。その映像に鉄面皮のコメンテーターたちも涙した。

そうした中でも、ミシェルの記事は異彩を放っていた。視点がユニークだったうえに、全国紙の取材を拒否したエブ・スコットの話が含まれていたからだ。彼女の記事は多くの全国紙に転載された。彼女自身も大手のテレビ局から取材を受けた。彼女は語った。〝エブ・スコットは尊敬できる人物です。でも、子供たちを殺した傭兵は許せません。彼は裁判にかけられ、終身刑に処せられるべきです〟

彼女の感情的なコメントはテレビで繰り返し流された。その直後に新しい情報が入ってきた。エンジエル・ルヴには妹がいた。その妹はワイオミング州に住んでおり、名前はサラといった。

アメリカとカナダ、両方の国籍を持つ男。サラという妹がいる男。ガブリエルと同じだ。それでも、ミシェルは信じたくなかった。これは偶然の一致よ。ガブリエルであるわけがないわ。そう自分に言い聞かせていた。

サラから電話があるまでは。

「最初にこのニュースを報じたのは、あなたなんですって?」サラの声は冷たかった。「私たちに対して、よくそんな真似《まね》ができたものね」

「私たち? 違うわ、サラ」ミシェルは即座に否定した。「私はただ、中東の村で幼い子供たちを殺害した傭兵のことを……」

「彼がそんなことをするわけないでしょう」サラは苦々しげに吐き捨てた。「犯人はテロ組織の人間よ。その男が義理の兄とその家族を殺害して、エンジェルに罪をなすりつけたのよ」

「あなた、エンジェルを知っているの?」みぞおちがざわつくのを感じつつ、ミシェルは尋ねた。

「ええ、知っていますとも」サラは冷ややかに笑った。「私だけじゃなく、あなたもね。エブ・スコットの依頼で仕事をする時はエンジェルという名前を使っているけど、彼の本名はガブリエルよ」

ミシェルは血が凍った気がした。様々なイメージが脳裏をよぎる。殺された子供たち。犯人はテロリストだと訴える小さな声。私はその声を黙殺した。冤罪《えんざい》の可能性を無視した。ガブリエルであるわけがないと自分に言い聞かせた。でも、もう事実と向き合うしかない。

「知らなかったの」ミシェルは声を震わせた。「信じて、サラ。私は知らなかったの!」

「エブに彼じゃないと言われたでしょう?」サラは

憤然として続けた。「でも、あなたは耳を貸さなかった。あなたの新聞の特派員に被害者の義弟について語った男性がいたわよね？　あの人は私が国務省の知り合いに頼んで、差し向けてもらったのよ。それでも、あなたは彼の話を記事から除外した。正義の味方を気取って、世間の流れに迎合したのよ！」

「私は知らなかったの」ミシェルは泣きながら繰り返した。

「知らなかった？　ガブリエルを地獄に突き落としておいて、知らなかったですませるつもり？　あなたもワイオミングに来て、うちの牧場の前がどうなっているか見てみるといいわ。まるで中継車に囲まれたテント村よ。マスコミは私と根比べをしているの。私が出てきて、兄を糾弾するのを待っているのよ！」

「ごめんなさい」ガブリエルは無実よ。言われなくてもわかる。私は彼という人を知っているもの。それなのに、私は彼を罪人扱いしてしまった。

「今のあなたの言葉、ガブリエルに伝えておくわ。もしまた彼に会えたらだけど」サラは大きく息を吸った。「二日前に彼から電話があったの。あなたのせいで、彼は狩りの獲物にされているわ。私は彼を売ったのはあなただと話した。でも、彼は信じなかった。ネットに出ているあなたの記事を自分の目で見るまでは」

ミシェルの顔から血の気が引いた。「それで……ガブリエルはなんて？」

「彼は言ったわ。〝僕は人を見誤った。世界中が敵になっても、ミシェルだけは僕の味方をしてくれると思っていた。彼女の顔は二度と見たくない。彼女の声も聞きたくない〟と」

その言葉は銃弾のようにミシェルの胸を貫いた。

「あなたを愛していたのに。実の妹のように思っていたのに」サラの声が震えた。「だからこそ、私はあなたが許せない。絶対に許さない！」そこで電話は切れた。

ミシェルが携帯電話をしまったのは一分後のことだった。彼女は椅子に崩れ落ちた。頭の中ではいまだにサラの言葉がこだましていた。

エブ・スコットは断言したわ。うちの隊長は絶対にそんな真似はしないと。エンジェルの正体がわからないうちは、それを聞き流すこともできた。でも、私はガブリエルを知っている。彼は自殺しようとしていた私に手を差し伸べてくれた人よ。そんな人が子供に危害を加えるわけがない。

それからの二日間、ミシェルは泣きつづけた。そして自分を責めつづけた。マスコミは相変わらず事件の最新情報を垂れ流していた。ついに彼女はテレビを消した。いったん現実を離れて、自分の気持ちを整理する必要があった。

私はとんでもない過ちを犯した。なんとかしてその埋め合わせをしたい。でも、どこから始めればいいの？ 世間はあのニュース一色よ。世界中のニュース番組でアメリカの傭兵たちが犯人扱いされている。

でも、それは私のせいでもあるんだわ。私がよく確かめずに記事を書いたから。今度はきちんと仕事をしよう。批判を恐れずに公正な記事を書こう。私にはガブリエルを救う義務があるのよ。たとえ彼に一生憎まれたとしても。

ミシェルは新たな決意を胸に、仕事に復帰した。まずはサウジアラビアの特派員に連絡を取り、アナスラの村人から聞いた話を再確認した。続いてエブ・スコットに連絡し、その情報を彼の調査員に伝えてほしいとお願いした。

ミシェルはサラにも電話をかけた。今、自分がしていることを説明し、改めて謝罪するために。しかし、サラは最初の電話に出ず、それ以降は着信を拒否された。ミシェルは悲嘆に暮れた。ブランドン兄妹《きょうだい》は恩人だ。二人はいつも私を支えてくれた。私が大学まで出られるように骨を折ってくれた。その恩を仇《あだ》で返したのだと思うと、胸が苦しくてならなかった。

ミシェルは上司に相談し、自分の記事を撤回したいと願い出た。しかし、上司は取り合わなかった。彼は笑って言った。「エンジェルが犯人なのは明らかだ。なぜ今さら波風を立てるんだ？　君はいい記事を書き、名を売った。それで十分じゃないか」

彼女は言い返した。「エンジェルは子供を傷つけるような人間ではありません。情報源は明かせませんが、彼が無実なのは確かです」

すると、上司はまた笑った。「そんな不確かな情報になんの価値がある？　重要なのはスクープだ。どこよりも早く最高のニュースを伝えることだ。君は事実を伝えて、名声を得た。今はその名声を楽しめばいい」

その夜、ミシェルは悄然《しょうぜん》としてアパートメントへ戻った。彼女は幻滅していた。人生に対しても、人間に対しても希望が持てなくなっていた。

翌朝、ミシェルはミネット・カーソンに電話をかけ、自分は大手の日刊紙に向かないと確信した記者を雇ってもらえないかと質問した。

ミネットは返事をためらった。

「わかっています」ミシェルは言った。「私はあの記事でジェイコブズビルに大勢の敵を作ってしまった。今の話は忘れてください。ジャーナリズムの講師になるという道もありますから。学生たちにとって、私はいい反面教師になるはずです」

「どんな仕事も最初は学ぶことから始まるのよ」ミ

ネットは答えた。「痛い目に遭いながら、様々なことを学んでいくの。あなたの取材を受ける前に、エブ・スコットが私に尋ねたわ。あなたはガブリエルの仕事を知っているのかと。私はノーと答えた。前に彼の仕事が話題になったことがあるでしょう? あの時点で私が話すべきだったのよね」

「私が鈍すぎたんです。彼は長く家を空けることが多かった。難しい言語をいくつも使いこなし、仕事の内容を秘密にしていた。それなのに、私は何も疑問に思わなかった」

「彼があなたを引き取った時は、みんな驚いていたのよ。彼はエブ・スコットの配下でも一、二を争う冷血漢と言われていたから。でも、あなたと出会って、彼は笑うようになったわ」

「今後は笑うこともないでしょうけど」ミシェルは力なくつぶやいた。

「結論を急がないで」ミネットは助言した。「まずはあなたがやるべきことをやりなさい」

「私は彼の無実を証明します。そのためならどんなことでもするつもりです」

「その意気よ。それから、仕事のことだけど」ミネットは続けた。「あなたが苦しい仕事から逃げていないことを証明できたら、いつでもうちに来て」

「ありがとう」

「待っているわ」


ミシェルはエブ・スコットを説得した。彼の調査員と話をさせてほしいと頼み込み、セミナーのためにサンアントニオに来ていたデイン・ラシターと、レストランで会う約束を取りつけた。

ミシェルの予想に反して、デインは気さくな人物だった。彼は妻のテスを同伴していた。

「彼がセミナーを開く時は、私も必ずついていくことにしているの。彼に言い寄る女性を追い払うために」テスは笑った。夫と視線を合わせ、ため息をつく。「これだけハンサムなんだもの。ほかの女性たちが気づかないはずはないわよね？」

ミシェルはラシター夫妻と一緒になって笑ったが、内心はそれどころではなかった。前夜のテレビニュースで、ブランドン兄妹が所有するワイオミングの牧場が映し出されたからだ。牧場へ続く道はサラのコメントを求めるマスコミの一団に占拠されていた。ところが、その前に強面《こわもて》の男が立ちはだかり、保護地区の熊に襲われる前に解散したほうがいいと進言した。ミシェルはその男がウォフォード・パターソンであることに気づいた。長年サラといがみ合っていた敵が、いつの間にか彼女の味方になっていたのだ。

デインはミシェルの心中を察して切り出した。

「僕もブランドンに関するニュースを観《み》ていたが、番組によって言っていることがばらばらだね」

「ええ」ミシェルは悲しげにつぶやいた。「なかには眉唾物の話もありますね。でも、私も偉そうなことは言えません。徹底した調査を怠り、小さな声を無視してしまったんですから。私は心のどこかで自分には関係ないことだと考えていた。だから、手を抜いてしまったんだと思います」

テスが探るような目つきになった。「ミスター・ブランドンはあなたの後見人だったんでしょう」

ミシェルはうなずいた。「私は恩人を裏切ったんです。でも、わざとじゃありません。私はエンジェルがガブリエルだとは知らなかった。多数派の意見に逆らう力もなかった。皆が言っていました。エンジェルこそが犯人だと。私はその言葉をうのみにしてしまったんです」

「こういう事例は僕も何度か目にしてきたが」コーヒーをすすりながら、デインはつぶやいた。「真実が見た目どおりだったケースはごくまれだ」

ミシェルは自分の情報源について説明し、彼らの名前や電話番号を伝えた。デインはそれをノートに書き留めた。

ペンを置くと、彼は言った。「これで犯人扱いされている男たちを救えるかもしれない。あの国には外国の影響を極端に嫌う暴力的な集団がいてね。彼らは手っ取り早く稼いだ金を活動資金にして、外国人排斥を激化させている。今回君の友人を巻き込んだのは、なかでも特に金に汚い連中だ。あの国にはアメリカの石油会社の支社がいくつもあり、現地で生産された石油をこの国に送っている。しかし、現地で安全に操業するためには地元の人々の理解と協力が不可欠だ。テロリストの連中はそこに目をつけ、誘拐と襲撃による荒稼ぎをもくろんだ。ただし、実際に人質を取るわけじゃない。犯行を予告することで金を脅し取る手口だ」

「そういう意味だったんですね」ミシェルは不意に声をあげた。

「そういう意味？」

「エブ・スコットが言ったんです。すべては金の力だと」

「さすがはエブだ。鋭いな。確かに、これは金が起こした事件だと思う。テロ組織の指導者は現地支社の重役たちを守ってやると言って、多額の賄賂を要求した。指導者の義兄はその情報を我々の国務省に伝えようとした。村の男たちの多くも石油会社で働いていて、テロ組織に荷担することは望んでいなかった。でも、波風を立てれば、必ず報復が待っている。テロ組織の指導者は最悪の形で報復を実行した。口封じのために義兄一家を殺害し、その罪をエンジェルたちになすりつけた。そして、自分に盾突いた者にはこういう末路が待っていると、外国人たちにも知らしめたわけだ」

ミシェルははっとした表情になった。「じゃあ、あなたはすべて知っていたんですね。私がさっき話したことも」

「知ってはいたが、証明することはできなかった。それでも、君の情報源たちが証言してくれるだろう。それを証拠として裁判所に提出すれば、国務省もテロ組織に対処しやすくなるはずだ。マスコミも一週間はニュースのネタに困らなくなるな」デインは冷ややかに付け加えた。

ミシェルはため息をついた。「私は職業の選択を間違えたのかもしれません」

「優れた報道は社会に貢献するものよ」テスが口を挟んだ。「ただ、人の秘密を嗅ぎ回るほうがお金にはなるみたいね」

職場に戻ったミシェルは、自分のデスクに積み上げられたメモ用紙の山を発見した。

隣のデスクの先輩記者マーフィがぼやいた。「頼むから留守番電話機能を使ってくれよ。君への伝言の書きすぎで手が痛い」

「ごめんなさい、マーフィ」ミシェルはメモに視線を落として眉をひそめた。「私をリムジンで送迎したいって書いてあるわ。宿は〈ザ・プラザ〉を用意するって」

「まさにセレブ待遇だな」マーフィはかぶりを振った。「ブラッド・ペイズリーのミュージックビデオにもそういうのが……」

「あれは私も観たわ。ありがとう」ミシェルはメモ用紙を振って礼を言った。そして改めてバッグをつかむと、上司につかまらないように迂回《うかい》して外へ出た。

テレビ局は独占インタビューを条件として出してきた。ミシェルは弁護士に相談し、同意書の内容をチェックしてもらった。

「私は彼らに話をすることに同意する、とここに書いてありますけど」

「ありますね」弁護士は答えた。

ミシェルは唇をすぼめた。「話の具体的な内容については触れられていません」

「はっきりとは書いてありませんが、向こうが聞きたいことを話せ、ということでしょう」

「ああ」

「しかし、あなたの新聞が情報提供者と見なした人物については、名前を教える必要はありませんよ」弁護士は続けた。「記者には取材源を秘匿する権利がありますから」

「そういうことを指摘してほしかったんです。取材源の秘匿ですね」

弁護士は微笑した。

ミシェルはテレビカメラの前に座り、ミスター・プライスという高名なインタビュアーから話を聞かれた。ミスター・プライスは聡明《そうめい》で物腰の柔らかな人物だった。取材源の秘匿についても理解を示し、ミシェルが話せないことについては深追いをしなかった。

「つまり、あなたは実際に女性や子供たちを死に至らしめたのは犯人と名指しされている男たちではないと信じているわけですね」

「そうです」

「その根拠は？」

「最初にニュースを伝えた時、私は推測で記事を書いていました。取材対象の大半がアメリカの傭兵たちの仕業だと言っているから、それが真実なのだろうと。でも、一人だけ意見が異なる人がいたんです。名前は出せませんが、その村人は事件には脅迫が関係していると言いました。外国人労働者を守る見返りとしてお金を要求する動きがあったと。今回の事件を起こしたのはその脅迫者です。彼は自分を当局に売ろうとした身内を一家もろとも殺害しました。そして、現地のアメリカ系石油会社で働く人々をテロから守るために政府から派遣されていたアメリカ人たちに罪をなすりつけたんです」

「虐殺事件は脅迫者を密告しようとした村人に対する報復だった、ということですか」

「私はそう考えています」

「あなたが勤める新聞社では、この事件を取材するに当たって、独自の情報源を利用したようですが」

「彼らの名前も言えません」ミシェルは答えた。「取材源を守らなければならないので」

ミスター・プライスは唇をすぼめた。「でも、犯人とされている男たちの弁護団は、マスコミに対して同じ情報源の名前を出していますよ」

ミシェルは微笑した。「そのようですね」

「というわけで、我々はその情報源の一人に話を聞くことができました。彼は宣誓供述書に署名し、国務省に提出しています。では、ここで事件が起きたアナスラで国務省の調整役を務めているミスター・デイビッド・アーバックルにご登場いただきましょう。ミスター・アーバックル、ようこそ」

「ありがとう、ミスター・プライス」ワシントンからの中継映像が挟まれた。そこに映っていたのは温厚そうな中年男性だった。

「ミズ・ゴドフリーから聞いた話では、テロリストの一派がアナスラの村に入り込み、我々の同胞も含めた外国人たちを脅迫したということですが、それに間違いはありませんか？」

「間違いありません」ミスター・アーバックルは重々しくうなずいた。「この情報をもたらしてくれたミズ・ゴドフリーには心から感謝しています。我々は傭兵の一団が村に押し入って金品を要求し、それを拒んだ人々を殺害したと聞かされていました。

しかし、我々が保護を申し出たうえで他の村人たちから話を聞いたところ、まったく違う情報が得られたのです」咳払《せきばら》いをしてからミスター・アーバックルは続けた。「我々はその情報によって、国際的な犯罪組織とつながりのあるテロリストの一派が、アナスラの近くで操業する石油会社から金をゆすり取ろうとしていた事実を確認することができました。彼らは村人のふりをしてアナスラに潜伏していたのです」

「ひどい話ですね」ミスター・プライスが言った。

「ええ。見せしめに罪もない人々を殺すなど言語道断です。そのせいで村人たちは怯《おび》え、何も言えなくなりました。それでも、無実の男たちが罪を着せられたことについては、彼らもひどく残念がっていました。村の子供や老人に医療を提供し、食料の援助をしていたのはその傭兵たちだったので」

「賞賛に値する奉仕活動です」

「まさしく」ミスター・アーバックルはむっつりと答えた。「しかし、テロリストの一派は我々が村から排除しました。この情報を我々に提供してくれた村人たちも、今は国際社会が派遣した者たちによって守られています」

「では、アメリカの傭兵たちにかけられた容疑は晴れることになるわけですね？」

「彼らの容疑はすでに晴れました。弁護団と連携して動いていた民間調査会社が、証人の宣誓供述書と事件関係の情報を集めてくれたおかげです。昨夜、傭兵たちは現地から安全な場所へ移されました。事件を起こしたテロ集団は殺人罪で裁かれ、有罪判決を受けることになるでしょう」

「視聴者の皆さんにとっても嬉《うれ》しいニュースですね。本日はありがとうございました、ミスター・アーバックル」

「こちらこそ、ミスター・プライス」

中継が終わると、ミスター・プライスはミシェルに視線を戻した。「ミズ・ゴドフリー、あなたは実に勇気のある女性ですね。世界のマスコミに反旗を翻して、傭兵たちを擁護した。彼らの中にはあなたの知り合いもいるそうですが」

「ええ、エブ・スコットのことは知っています。彼はテロ対策の訓練所を運営しています。彼のように高潔な人物から鍛えられた者たちが、人道に反する真似をするわけがありません」

「たいした信頼ぶりだ」ミスター・プライスはくすくす笑った。

「私は今度のことで学びました」ミシェルは静かに答えた。「誰かの人生と評判に関わる記事を書く時は、どんなに小さな声も軽視してはいけないと」いったん言葉を切ってから、彼女は嘘《うそ》を付け足した。「これも上司のおかげです。彼は私を支持し、報道という仕事において誠実さがどれほど大事なものか教えてくれました」

ミスター・プライスはサンアントニオの新聞社の名前を挙げ、彼女への感謝の言葉でインタビューを締めくくった。

オフィスに戻ったミシェルは、上司のレン・ワージントンから熱狂的な出迎えを受けた。「ワージントンは彼女の手を握って言った。「うちにとっても最高の宣伝になったよ！　ありがとう！」

「どういたしまして。私も感謝しています。こんな騒ぎを起こしたのに、首にされずにすんで」

「それが友達というもんだろう？」

ミシェルはただ微笑しただけだった。この人には永遠にわからないでしょうね。私はジャーナリズムのいやな一面を見てしまった。吐き気を催すような汚い一面を。

テレビに出たあとも、ミシェルはサラに電話をかけなかった。今回の事件の報道に辟易《へきえき》しているであろうサラが、あの番組を観たとは思えなかったからだ。マスコミは熱しやすく冷めやすい。新たなスキャンダルが起きると、中継車の群れは次の獲物を求めて移動した。ミシェルの電話が鳴らなくなり、彼女のデスクからメモ用紙の山が消えた。リムジンや高級ホテルの申し出もなくなった。しかし、ミシェルは意に介さなかった。彼女の願いはただ一つ。いつの日かサラとガブリエルに許されることだけだった。

仕事に戻ったミシェルは、主に政治的なニュースを手がけるようになった。知らずにしたこととはいえ、彼女は大切な人を売り渡してしまったのだ。同じ過ちは二度と繰り返したくなかった。

ミシェルは転職を考え、もう一度ミネットに頼んでみようかと思案した。ミシェルは都会暮らしに疲れていた。過去のニュースに関連して自分の名前が出るたびに、身の縮む思いを味わっていた。

サラやガブリエルとは音信不通の状態が続いていた。ミシェルは淡い期待とともに二人からの連絡を待っていたが、現実はそれほど甘くはないようだった。

彼女は故郷へ戻ることを決意した。祖父から父へと受け継がれたコマンチウェルズの家は、今では彼女のものになっていた。そこからサンアントニオまで通勤するために、彼女はフォルクスワーゲンのビートルを買った。ジャガーはガブリエルの家の前に停《と》め、キーを郵便受けに入れておいた。ブランドン兄妹から贈られた車に乗りつづけることに耐えられなかったからだ。

最初、町の人々はミシェルをよそ者扱いした。彼女が都会人気取りでふるまい、地元の政治にけちをつけはじめると思っているようだった。

その予想が外れると、人々の警戒心も薄れていった。ミシェルはカフェで挨拶されるようになった。スーパーでもレジ係に声をかけられた。ガソリンスタンドでクレジットカードを出しても、身分証明書の提示を求められなくなった。徐々にではあるが、彼女は再びジェイコブズ郡の一部になろうとしていた。

カーリーはたまに顔を見に来てくれた。彼女はすでに結婚し、最初の子供を身ごもっていた。そのため、以前ほど頻繁に会うことはできなかったが、ミシェルは友人の幸せを嬉しく思った。

しかし、ブランドン兄妹からは相変わらずなんの連絡もなかった。数カ月が過ぎたあたりで、彼女はついに希望を捨てた。自分が許される日は永遠に来ないのだと観念した。

サラはワイオミングで新たな人生を歩みはじめていた。ミシェルはそのことを食料品店のレジ係から知らされた。サラにはもうテキサスへ戻る気はないのだろう。だとしても、ミシェルはサラを責める気にはなれなかった。サラがコマンチウェルズで暮らしていたのは、あくまでもガブリエルのため——彼がミシェルの法定後見人になるためだったのだから。

もちろん、ガブリエルはもう私の後見人じゃないわ。私が成人した時点で、その立場を降りたから。でも、ときどき考えてしまう。ただの後見人でもいいから、彼とつながっていたかったと。もし私が道を踏み外さなければ、今頃はどうなっていたのかしら？ ガブリエルは私たちには未来があると言ってくれた。でも、それはこうなる前の話よ。

ミシェルが近づいてくるエンジン音を耳にしたのは、強い秋風に邪魔されながら庭でシーツを干していた時だった。彼女は首を傾《かし》げた。変ね。こっちのほうに住んでいるのは私だけなのに。

コマンチウェルズへ戻ってきたばかりの頃は、ブレア牧師がよく様子を見に来てくれた。だが、最近ではその回数も減っていた。彼女のほうから誰かを訪ねることもなかった。仕事に明け暮れる毎日で、人と交わる余裕などなかったからだ。それでも、彼女は日曜日の礼拝だけは出席するように心がけていた。今日は土曜日なので、明日も教会へ行くつもりだった。

家の前を通り過ぎる車を、ミシェルは目を凝らして観察した。スモークガラスのせいで車内は見えなかったが、真新しい高級車だ。たぶん、誰かがガブリエルの家を買ったのね。そう結論づけると、彼女は洗濯物を干す作業に戻った。ガブリエルはあの牧場を手放したの？　だとしたら悲しいことだけど、当然の結果かもしれないわ。管理人に任せきりの牧場を維持する意味なんてないでしょう？　彼にはほかにやるべきことがあるんだから。

ミネットが言っていたわ。〝ガブリエルは今、国際的な警察組織で働いている〟と。彼がまたコマンチウェルズに戻ることはあるのかしら？　きっとないわね。ここにはいやな思い出が多すぎるもの。

12

ミシェルは洗濯物を干し終えると家の中へ戻り、サンドイッチを作りはじめた。

今、彼女の職場では噂《うわさ》が飛び交っていた。中東のテロ組織と石油企業を巡るスキャンダルに、地元も関わっているかもしれないというのだ。その取材を命じられたのは、テレビ出演の一件で上司のお気に入りとなったミシェルだった。ワージントンは言った。〝費用のことは心配するな。海外へでもどこへでも行って、好きなだけ取材してくれ〟

でも、生半可な知識で物事に首を突っ込んでも、面倒なことになるだけよ。今度はどんな面倒に巻き込まれるのかしら？　まあ、仕事なんだから仕方ないわよね。この不景気な時代に仕事があるだけでもありがたいと思わなきゃ。

ミシェルはサンドイッチを食べ、ブラックコーヒーを飲んだ。ガブリエルもブラック派だったわ。私がいれたコーヒーをおいしそうに飲んでくれた。いいえ、彼のことを考えてはだめよ。私は彼を破滅寸前まで追い込んだ。彼とサラから安らぎを奪い、マスコミの餌食にした。その埋め合わせをしようと私なりに努力はしたけど、一度ついてしまった傷は消すことはできない。だから、二人から縁を切られたとしても文句は言えないんだわ。

ミシェルは死ぬほど退屈していた。家そのものに不満はなかった。彼女が自ら手を加えたからだ。彼女はかつてのロバータの部屋を改装した。家全体のペンキを塗り替え、カーテンを交換した。新しい家具も買った。それでも、冷え冷えとした印象は拭えなかった。この家には何かが欠けている気がした。

パパが生きていた頃は、この家にも活気があったわ。お祖父《じい》ちゃんやお祖母《ばあ》ちゃんの懐かしい思い出に満ちていた。でも、今ここにあるのは悲しい記憶ばかり。パパが亡くなって、ロバータもあんな死に方をしたから。

ミシェルはコーヒーを手にリビングルームへ移動し、周囲を見回した。私はこの家を売るべきよ。サンアントニオのアパートメントに引っ越すべきだわ。私は犬も猫も飼っていない。パパが飼っていた家畜たちも今はもういない。つまり、私がここに残る理由は何もないのよ。

それなのに、私はまだここでぐずぐずしている。理由はわかっているわ。ガブリエルよ。彼はここで食事をした。ここで眠り、私を慰めてくれた。それはこの家にしかない大切な思い出なのよ。

だったら、思い出を記録すればいいでしょう。すべての部屋を撮影して、ポスターにして残すの。そうすれば、家を処分できるんじゃないの？

そうね。彼女はぼんやりと考えた。確かにその手もあるわよね。

ミシェルは教会へ行くために、半袖のセーターとスカートに着替えた。化粧は最小限に留《とど》め、長い髪も垂らしたままにした。

恋のチャンスは過去にいくつもあった。だが、彼女はガブリエルを待ちつづけてきた。いつかはガブリエルに愛される日が来る、自分たちには未来があると信じて。しかし今、その未来は消えた。じきに決断を迫られる日が来るだろう。このままキャリアウーマンとして生きていくのか。夫と子供がいる安定した暮らしをあきらめるのか。

野心を抱くのは悪いことじゃないわ。でも、私が知っているキャリアウーマンたちは、どこか虚《うつ》ろな感じがする。表向きは幸せそうな顔をしているけど、その裏に不安と孤独を隠している気がする。友人や知人や同僚はいても、祝日をともに過ごす家族はいない。子供や孫やひ孫たちに自分の面影を見ることもない。あどけない笑い声も聞けないし、小さな唇で頬にキスもしてもらえない。それでも充実した人生と言えるのかしら？

そんなことを考えるうちに、ミシェルは泣きたい気分になった。学生時代の彼女は子供についてあまり考えたことがなかった。だが、ガブリエルにキスをされ、将来について語られた時は、彼の子供を産むことを夢に見た。激しい渇望すら感じた。

くよくよ考えても仕方ないでしょう。かなわない夢はあきらめて、現実は現実として受け止めなさい。私はもう大人なんだから。仕事を持った女なんだから。過去は振り返らず、前だけを見るべきだわ。

ミシェルはいつもの信者席に滑り込んだ。ブレア牧師の説教に耳を傾け、聖歌隊のコーラスに合わせて賛美歌を歌う。その途中で、彼女は奇妙な感覚に襲われた。誰かに見られているみたい。いいえ、まさか。とうとう私は被害妄想まで抱くようになったのかしら。

賛美歌が終わり、ブレア牧師が祝福の言葉を述べた。礼拝が終わっても、彼女の奇妙な感覚は消えなかった。

信者たちが少しずつ席を立ちはじめた。ミシェルは教会の後ろへ目をやった。しかし、そこには誰もいなかった。誰も彼女を見ていなかった。

ブレア牧師が彼女の手を握り、笑顔でからかった。「君が戻ってきてくれて本当によかった」

ミシェルも笑みを返した。「先週は政治がらみのニュースで休みが取れなかったんです。でも、おかげで政治には詳しくなりました。自分で立候補してみようかと思うくらいに。当選するためにやってはいけないことも完璧に把握しましたし」くすくす笑って、彼女は締めくくった。

「君の言いたいことはわかるよ。あれはいい記事だった」

「ありがとうございます」

「では、また来週」

「ええ、できたらまた来週」

彼女の言葉に、牧師は微笑しただけだった。

ミシェルは自分の車へ戻り、スマートキーでロックを解除した。その時、背後で人の気配がした。振り返った瞬間、彼女の心臓が止まった。彼女は日に焼けた顔を見上げ、黒い瞳をのぞき込んだ。

言いたいことは山ほどあった。謝りたい。泣きたい。力強い腕に身を投げて、許しを乞いたい。だが、彼女は何もせず、ただ虚ろなまなざしで見上げていた。

ガブリエルが顎をそびやかし、細めた目で彼女の顔を観察した。「痩せたな」

ミシェルは肩をすくめた。「私の仕事にはダイエット効果があるの。元気だった、ガブリエル？」

「まずまずだ」

「サラは？」

「だいぶ落ち着いてきた」

ミシェルはうなずいた。唾をのみ込んで、たくましい胸に視線を落とす。謝罪も言い訳も懇願も含まない言葉が今は思いつかなかった。

長い沈黙が訪れ、礼拝から帰る人々の話し声が聞こえた。ハイウェイを走る車の音と、近所の庭で遊ぶ子供たちの声が聞こえた。彼女自身の心臓の鼓動が聞こえた。

もう限界だわ。ミシェルはわざとスマートキーを鳴らした。「そろそろ行くわね」

「ああ」ガブリエルがあとずさった。

　ミシェルはドアを開けて運転席に乗り込んだ。悲しげな表情でガブリエルを見やり、すぐに視線を逸《そ》らす。こんな顔を見せたら、ガブリエルが後ろめたい気分になるわ。彼にそんな思いはさせたくない。悪いのは私なんだから。結局、彼女はガブリエルと視線を合わせることができなかった。手を振ることさえできず、ただ車を発進させた。


　とりあえず、これで第一の試練は終わったわ。ミシェルは自分に言い聞かせた。予想していたほどひどくはなかったけど、やっぱり苦しかった。泣きたいのに涙が出ないのはなぜ？　涙では癒やせない苦痛もあるということかしら。

　ミシェルはジーンズと真っ赤なTシャツに着替えた。冷凍のディナーセットを電子レンジで温める間に玄関ポーチへ出て、花に水をやった。彼女は三鉢の菊とフレッドと名付けた盆栽を育てている。フレッドはガブリエルの家に引っ越した時、彼が歓迎のプレゼントとしてくれた小さなモミの木だった。彼女はフレッドを大切にしていた。ガブリエルからもらったたくさんのプレゼントの中でも、一番のお気に入りだった。

　ジャガーもすばらしいプレゼントだったわ。でも、ガブリエルの人生をぶち壊すような記事を書いて以来、私はあの車に乗れなくなった。あの車に刻まれた思い出に耐えられなくなったのだ。

　ジャガーが恋しい。ガブリエルが恋しい。彼はなぜ戻ってきたの？　家を売るため？　コマンチウェルズと縁を切るため？　たぶん、そうね。彼が国際的な組織に勤めたのは、ここに帰る気がないからよ。彼は私道に停《と》めてあるジャガーを見たかしら？　私があれを返した気持ちを理解してくれたかしら？　どうかそうであってほしい。

盆栽への水やりをすませたミシェルは、肩を落として家の中へ戻った。

キッチンに入っていくと、ガブリエルが椅子に座ってコーヒーを飲んでいた。テーブルにはカップが二つ並んでいた。加熱がすんだディナーセットも皿に移してあった。

彼は視線を上げ、ぼそりとつぶやいた。「コーヒーが冷めるぞ」

ミシェルは立ち止まり、無言で彼を見つめた。

彼女のTシャツを見て、ガブリエルは片方の眉を上げた。「赤シャツか。オリジナル版の『スター・トレック』でそれを着ていた登場人物はあらかた死んだんだよな」

ミシェルは首を傾《かし》げた。「私にファッションのアドバイスをするためにわざわざここへ来たの？」

「そういうわけでもないが」ガブリエルはコーヒーをすすり、長々と息を吐いた。「久しぶりだね、ミシェル」

ミシェルはうなずいた。のろのろと椅子に座り、彼が用意したコーヒーに口をつける。ブラックコーヒーだ。ガブリエルは私の好みを覚えていてくれたのね。あんなことがあっても。

ミシェルはカップの縁を指でたどった。「私はつらい経験を通して学んだわ。報道は多数派の見方を伝えるだけではいけないと」

ガブリエルは彼女と視線を合わせた。「人生は学びの場だ」

「そうね」ミシェルは息を吸い込んだ。「あなたは、あの家を売るつもりなんでしょう？」

「なんだって？」

「昨日、あなたの家のほうへ走っていく車を見たわ。あなたは今、国際的な警察組織で働いている。サラはワイオミングにいるから、あなたも向こうに住むつもりなんでしょう？　アメリカに戻ってきた時は？」

一分ほどして、ガブリエルはつぶやいた。「その選択肢も考えた」

彼はどうやってこの家に入ってきたの？　そもそもなぜここにいるの？　私に別れを言うため？

「ジャガーのキーは見つけた？」

「ああ。もうあの車はいらないということか？」

ミシェルは唾をのみ込んだ。「私はあなたとサラにひどいことをしたから」

ガブリエルはかぶりを振り、うなだれた彼女の頭を見つめた。「君はまだ一度も僕をちゃんと見てないね」

ミシェルは硬い笑みを浮かべた。「見たくても見られないの。あなたをひどい目に遭わせてしまったから。リハーサルはしたのよ。どうやって謝ればいいのか、さんざん考えたの。でも、いい言葉が見つからなくて」

「人はミスを犯すものだ」

「許されないミスもあるわ」涙をこらえて、ミシェルは言った。無理にコーヒーを飲み終え、顔を背けて立ち上がった。「私、用事があるから」

「マ・ベル」ガブリエルがささやいた。

その優しい声を耳にした瞬間、我慢が限界に達し、ミシェルはわっと泣きだした。

ガブリエルは彼女を抱き上げてキスをした。

ミシェルは、ただぐったりとしてそのキスを受け入れた。彼に何をされても抗《あらが》うつもりはない。

「それでいいのか？」ガブリエルは彼女の柔らかな唇に向かってささやいた。「僕に何をされてもかまわないということか？」

「ええ、いいわ」

「罪滅ぼしのつもり？」ガブリエルの口調に棘《とげ》が混じった。

ミシェルはまぶたを開き、黒い瞳をのぞき込んだ。

「愛しているから」

「愛？」

「いいのよ。笑ってくれて」

ガブリエルは彼女の喉に顔を埋《うず》めた。「君を失ったかと思った。教会でも君は僕と目を合わせなかった。ひどく打ちひしがれた様子で車の横に立っていた。だから、僕は考えた。僕はここを去るしかない。ここにはもう何も残っていない。あるのは罪悪感と悲しみだけだと。それでも、僕はあきらめきれなかった。最後にもう一度だけ、君と話をしようと決意した。ここに入ってきた時の君にはすべての感情が表れていた。僕を見た君の瞳にはすべての思いがあふれていた。それで僕は気がついたんだ。これは終わりなんかじゃない。ただの始まりにすぎないと」

ミシェルは彼の首に両腕を巻きつけた。灰色の瞳から熱い涙があふれている。「私はあなたを愛していたわ。心の底から。でも、サラに言われたの。あなたは二度と私に会いたくないと思っていると。私はサラに嫌われた。だから、あなたにも嫌われたんだと……」

ガブリエルはキスでミシェルの涙を拭い、彼女を抱いたままソファに腰を下ろした。「サラは癇癪《かんしゃく》持ちだからな。でも、癇癪を爆発させてしまえば、それでおしまいだ。今は君にひどいことをしたと悔やんでいる。あいつはマスコミの取材攻勢に怯《おび》えていた。ほかにも問題を抱えていた。そのストレスを君にぶつけてしまったんだろう。サラは謝りたがっていたよ。でも、気後れして君に電話できなかったんだそうだ」

「そうだったの。私はもう二度とサラに会えないと思っていたわ。あなたにも」

「それはない」ガブリエルは穏やかに否定した。

「君は僕たちの一部だ」

ミシェルは唇を噛《か》んだ。「私はあなたを売り渡したのよ」

「違う。君が売り渡したのはエンジェルという名の傭兵《ようへい》だ。君の知らない誰かだ」ガブリエルは彼女の濡《ぬ》れた瞳に唇を寄せた。「君は絶対に僕を売り渡さない。たとえ僕が確実に有罪だと思っても」彼は顔を上げ、灰色の瞳をのぞき込んだ。「理由は君が僕を愛しているからだ。僕が何をしても許せるほど愛しているからだ」

ミシェルは泣きつづけた。あふれる涙を止めることができない。

ガブリエルは彼女をソファに横たえて唇を合わせた。キスは延々と続き、時間がたつにつれて、熱く激しくなっていった。ミシェルは身を震わせながら大きな体に両脚を回して懇願した。自分の体をさいなむ緊張から解放されたい一心で。

「君が泣きやまないと、まずいことになるよ」ガブリエルがかすれ声でささやいた。

ミシェルは彼の喉に唇を押し当てた。「いいの。あなたが望むなら」

「もちろん、望んでいる。でも、もし自制心を失ったら、僕は暴走してしまう。君を楽しませてやれなくなる」

「暴走するの？　あなたが？」

ガブリエルは彼女の全身に熱い視線を注いだ。両手でTシャツとブラジャーを押し上げて、形のいい胸の膨らみを食い入るように見つめる。「ああ。間違いなくそうなる」

「まあ」

ミシェルの言葉と途方に暮れたような表情が緊張感を吹き飛ばし、ガブリエルは笑いだした。「まあ？　それだけかい？」

ミシェルも笑った。「本はたくさん読んだし、映画も観《み》たわ。でも、あまり参考にならなかったみたい」

ガブリエルは寝返りを打って彼女から離れた。むき出しになった胸の膨らみを身ぶりで示し、目を逸らしながら言う。「悪いけど、それをしまってくれないか？　僕は雪山を思い描きながら深呼吸するから」

「それって効果があるの？」

「どうかな」

ミシェルはTシャツを引きおろした。彼に視線を投げて微笑する。

「なんだ、その得意げな顔つきは？」

「私には、あなたを暴走させる力があるのね。そう思ったら、ちょっと嬉《うれ》しくなっちゃって」ミシェルは悪戯《いたずら》っぽく笑った。

「暴走するのはかまわないが、それは僕たちがお互いに馴染《なじ》んだあとの話だ」ガブリエルは彼女を引き寄せた。「最初はスローペースで行くしかない。でないと、君に痛い思いをさせてしまう」

「私は痛くてもかまわないけど」

ガブリエルの黒い瞳がきらめいた。「その言葉、忘れるなよ」

ミシェルはソファに横たわり、感嘆の思いとともに彼を見上げた。「私はもうおしまいだと思っていたの。私には何も残っていない、生きる意味もないと」

「僕もそう思っていた」ガブリエルは真顔で答えた。「でも、なぜかわからないが、もう一度だけ君と話をしなければならない気がした」

ミシェルは微笑した。「運命ね」

ガブリエルも笑みを返した。「ああ。運命だ」

「どこに行くの？　ここにいて」ミシェルは彼を引き戻した。

ガブリエルは唇をすぼめた。「話し合いをするなら、この体勢はよくないと思うんだ」

「大丈夫。あなたを誘惑するつもりはないから。実は、あなたに話したいことがあるの」

「どんな話だい？」

灰色の瞳がきらめいた。「牛の拉致事件に関する話よ」

ガブリエルは吹き出した。

二週間後、二人はブレア牧師の教会で結婚式を挙げた。ミシェルは伝統的な白いドレスに身を包み、指先まで届く長さのベールを被《かぶ》った。ガブリエルはそのベールを持ち上げて、妻となった彼女にキスをした。参列者の中には、傭兵や元軍人やＦＢＩの捜査官らが多く見られた。エブ・スコットやミネット、カーリーもそれぞれの伴侶とともに出席し、彼らの門出を祝った。

披露パーティは教会付属のホールで開かれた。ジェイコブズビルの警察署長キャッシュ・グリヤは、落ち着かない様子で周囲に目を配っていた。

「何か問題でも？」にやにや笑いながら、ガブリエルが問いかけた。

「騒ぎが起きるのを待っているんだ」

「騒ぎ？」ミシェルは首を傾げた。

「酒の席には騒ぎがつきものだろう。誰かが何かを言い、別の誰かがそれに噛みつく。喧嘩《けんか》が始まり、警察が呼ばれて……」

「結婚式で喧嘩騒ぎなんて」ミシェルは呆気《あっけ》にとられた。「署長は過去にそういうケースを見たことがあるんですか？」

「ああ、五回は見た」

「でも、今回は大丈夫じゃないかしら。ここにお酒はないもの」

キャッシュは唖然《あぜん》とした表情でミシェルを見返した。「酒はないのか？」

「ええ」

「くそっ」キャッシュは顔をしかめた。

「なぜそんなことを言うんです?」

「ちょっとした興奮を期待していたのに」キャッシュは両手を掲げた。「酒がなきゃ喧嘩が始まらないじゃないか!」

「僕がヘイズを殴ってもいいけど」ガブリエルは保安官に向かってにやりと笑った。「そうなると、彼は僕を逮捕せざるをえないだろうね。そして、ミシェルはハネムーンをあきらめて、保釈保証人を探す羽目に……」

「冗談だよ」キャッシュは笑って身を乗り出した。「でも、機会があったら、ブレイク・ケンプに尋ねてみるといい。彼の結婚式の披露パーティで何が起きたか。あれはジェイコブズビルの歴史に残る出来事だった!」

ミシェルはガブリエルの腕の中で震えながら、火照りの残る体で嵐の余韻に浸っていた。

「署長はちょっとした興奮を期待していたみたいだけど」彼女はかすれ声で笑った。「この興奮は誰にも止められないんじゃないかしら?」

ガブリエルの指が彼女の全身をたどった。胸の頂を軽く刺激され、ミシェルは背中を反らしてあえいだ。

「僕もそう思うよ」

ガブリエルは指を唇に替えた。彼女の喉からもれる声を楽しみながら、胸の頂を吸う。

「気に入ったんだね。じゃあ、これは?」

「ええ……いいわ」ミシェルは声を詰まらせた。

ガブリエルは彼女の腰を持ち上げた。それからゆっくりと彼女の中に入ると、せわしなく動きはじめた。

「もう痛くないだろう?」

「気づかなかったわ……痛みなんて」ミシェルは身

を震わせながら、なんとか言葉を押し出した。

ガブリエルは笑った。

「私、本当は怖かったの」

「わかるよ」

ミシェルは快感に身をよじり、彼にしがみついた。

「今、思うと……ばかみたい!」

ガブリエルが腰を左右に動かした。ミシェルはすすり泣き、悲鳴をあげた。絶頂の波にさらわれ、想像を超えた喜びの世界に落ちていく。

彼らは汗で濡れた体を寄せ合い、二人でつかんだ充足感を噛みしめながら余韻に浸った。

「男女が同時に達するのはとても珍しいことなんだよ」ガブリエルがささやいた。「普通は女のほうが時間がかかる。だから、男は女を先にいかせてから、やっと自分のことに集中できるんだ」

ミシェルは片方の眉を上げた。「なぜそんなことを知っているの?」

ガブリエルは灰色の瞳をのぞき込んで、にやりと笑った。「本やビデオで学んだのさ。それに、ほかの男どもの話を聞いて……」

「本当かしら?」ミシェルは疑わしげな目つきで見返した。

ガブリエルはキスで彼女のまぶたを閉じさせた。

「君を知る前の話だ。道の真ん中でしゃがんでいた君を見つける前の。あれ以来、僕には誰もいなかった。ただの一人も」

ミシェルははっとして目を開けた。「一人も?」

「あの時、僕はわかったんだよ。いつか君を愛することになる、永遠に愛することになると」

ミシェルの頬が赤く染まった。感極まって、彼女はつぶやいた。「ガブリエル」

「待つのはつらかった。死ぬほどつらかった。それでも、僕は待つしかなかった。君が大人になるまで。君が世間や男について学ぶまで。君が若い男と出会い、恋に落ちるんじゃないかと冷や冷やしながら」

ミシェルは彼の唇に指を当てた。「私は初めて会った日からあなたを愛していたわ。お祖父ちゃんと町に行ったあの日、私はあなたに見とれたの。あの時、私はまだ十六歳にもなっていなかった。それでも、わかったのよ。私にはこの人しかいないって」

ガブリエルは彼女の指をついばんだ。「お互いに待った甲斐《かい》があったね」

「ええ、待ってよかった」ミシェルは温かなまなざしで彼の顔を見つめた。

「でも、一つ問題がある」

彼女は眉を上げた。

ガブリエルは引き出しを開け、あるもの――事前にそこにしまっておきながら使い忘れたものを取り出した。

ミシェルは微笑しただけだった。

一分後、ガブリエルは笑みを返し、手にしていたものを引き出しに戻した。

サラは喜びの声をあげた。「早くあなたたちに会いに行きたいわ」大声で叫んでから付け加える。「でも、結婚してからまだ六週間なのに」

ガブリエルはビデオチャット・ソフトでワイオミングにいる妹としゃべっていた。かたわらにいる妻の腰を抱き、わずかに膨らみはじめたおなかを守るかのように大きな手を広げていた。

「僕たちはこうなることを望んでいたんだ」

「おめでとう。先を越されたのは悔しいけど」サラは微笑した。「結婚式に行けなくてごめんなさい。私、ミシェルにひどいことを言ったでしょう。だから、合わせる顔がなかったの」

「気にしないで。これで私たちは姉妹よ。本物の姉妹」ミシェルは嬉しそうに笑った。「私たちもワイオミングに引っ越そうかと考えているの。赤ちゃんが生まれた時、あなたの近くにいられるように」

「楽しみだわ！」

「私も。また近いうちに話しましょうね」

「約束よ」サラはにっこり笑い、接続を切った。

ミシェルは夫の膝の上で体を丸めた。「あなた、サラに話したの？」

ガブリエルは彼女にキスをした。「今、話したばかりだよ、マイ・ラブ」

「赤ちゃんのことじゃないわ。ウルフのことよ」

「サラのゲーム仲間の件か？」ガブリエルはにやりと笑った。「それはまた今度にしよう」

「それでいいの？」

「いいよ。それより、おいしいピクルスとアイスクリームがあるんだが」

ミシェルの眉が上がった。「ほんと？」

ガブリエルは彼女のおなかにキスをした。「この調子だと、とんでもない子が生まれそうだ」

「ええ、パパそっくりのね」ミシェルは愛情あふれるまなざしで答えた。

そして、二人は顔を見合わせ、同時ににんまり笑った。

ダイアナ・パーマー

　シリーズロマンスの世界で今もっとも売れている作家の１人。各紙のベストセラーリストにもたびたび登場している。かつて新聞記者として締め切りに追われる多忙な毎日を経験したことから、今も精力的に執筆を続ける。大の親日家として知られており、日本の言葉と文化を学んでいる。ジョージア州在住。

彼女が大人になるまで
2016年3月20日発行

著　者	ダイアナ・パーマー
訳　者	平江まゆみ（ひらえ　まゆみ）
発行人	立山昭彦
発行所	株式会社ハーパーコリンズ・ジャパン 東京都千代田区外神田 3-16-8 電話 03-5295-8091（営業） 0570-008091（読者サービス係）
印刷・製本	大日本印刷株式会社 東京都新宿区市谷加賀町 1-1-1
デジタル校正	株式会社鷗来堂

ISBN978-4-596-51700-5 C0297

3月25日発売 **ハーレクイン・シリーズ 4月5日刊**

ハーレクイン・ロマンス

愛の激しさを知る

ホテル王の非情な求愛	メラニー・ミルバーン／藤村華奈美 訳	R-3147
踏みにじられた妻 (7つの愛の罪Ⅴ)	アニー・ウエスト／山本みと 訳	R-3148
メイドが愛した億万長者	キャロル・マリネッリ／井上絵里 訳	R-3149
秘密の小さな姫君	ミシェル・コンダー／佐倉小春 訳	R-3150

ハーレクイン・イマージュ

ピュアな思いに満たされる

愛までの9カ月	エリー・ダーキンズ／松島なお子 訳	I-2413
砂の城のシンデレラ	クリスティン・リマー／下柳　輝 訳	I-2414

ハーレクイン・ディザイア

この情熱は止められない！

王子様に恋したナニー	ジュールズ・ベネット／堺谷ますみ 訳	D-1701
夢から覚めた花嫁は… (ウエディングドレスの魔法Ⅱ)	キャット・キャントレル／北岡みなみ 訳	D-1702

ハーレクイン・セレクト

もっと読みたい“ハーレクイン”

愛を拒む大富豪 (誘惑された花嫁Ⅳ)	マヤ・バンクス／八坂よしみ 訳	K-391
婚約芝居	ジェイン・ドネリー／細郷妙子 訳	K-392
イースターマンデー	サラ・クレイヴン／大沢　晶 訳	K-393

ハーレクイン・ヒストリカル・スペシャル

華やかなりし時代へ誘う

イタリア貴族と飛べない小鳥	マーガリート・ケイ／小長光弘美 訳	PHS-132
夢の舞踏会へ	シルヴィア・アンドルー／田村たつ子 訳	PHS-133

※発売日は地域および流通の都合により変更になる場合があります。

ハーレクイン・シリーズ
おすすめ作品のご案内

4月5日刊

7つの愛の罪

彼が望むのは羨望の的の妻

裕福な家庭に生まれながら、父の精神的虐待から逃れて暮らすエヴァ。屋敷の使用人の息子でいまや大富豪のフリンにプロポーズされるが、なぜか不安を感じる。

アニー・ウエスト
『踏みにじられた妻』
〈7つの愛の罪 V〉
◉R-3148　ロマンス

偽りの恋人

悪意の歴史に負けない愛

ソフィーはかつて恋焦がれた恋人、そして父を陥れた憎い相手ルカを訪ねる。余命短い父のために偽りの婚約者を演じて欲しいと頼むためだった。

キャロル・マリネッリ
『メイドが愛した億万長者』
◉R-3149　ロマンス

予期せぬ妊娠

期待の新作家、日本デビュー作！

魅力的な男性レオとの一夜のあやまちで妊娠してしまったレイチェル。子供のために結婚を決めるが、心が通いだした矢先、彼に妊娠を仕組んだと責められ……。

エリー・ダーキンズ
『愛までの9カ月』
◉I-2413　イマージュ

シンデレラ

孤独なプリンスとベビーシッターの恋

宮殿に勤めるラニは皇太子マックスと一夜を共にする。皇太子への気持ちに揺れるものの、亡き妃を愛し続けているという噂と身分の違いから彼を遠ざける。

クリスティン・リマー
『砂の城のシンデレラ』
※〈都合のいい結婚〉関連作品
◉I-2414　イマージュ

注目作家

L・フォスター絶賛の新作家　第3弾！

事故で重傷を負ったコリンと幼い娘のため、住み込みのナニーとなったダーシー。互いに惹かれ合う2人だが、彼は訳あって身分を隠す某国の王子だった。

ジュールズ・ベネット
『王子様に恋したナニー』
◉D-1701　ディザイア